Goosebumps®

Goosebumps®

Goosebumps®

雞皮疙瘩 12

濕地狼人

The Werewolf of Fever Swamp

R.L. 史坦恩（R.L.STINE）◎著

陳昭如◎譯

致台灣讀者

讀者們，請小心……

我是R・L・史坦恩，歡迎到「雞皮疙瘩」的可怕世界裡來。

你是否曾在深夜裡聽到過奇怪的嚎叫？你是否曾在黑暗中聽到腳步聲——卻根本看不到人？你是否見過神祕可怖的陰影，幽幽暗處有眼睛在窺視著你，或者身後有聲音叫你的名字？

如果是這樣，你應該了解那種奇特的發麻的感覺——那種給你一身雞皮疙瘩、被嚇呆的感覺。

在這些書裡，幽靈在閣樓上竊竊低語；膽顫心驚的孩子忽而隱形；稻草人活了，在田野裡走來走去；木偶和布娃娃也有生命，到處嚇人。

當然，這些都是磨礪心志的好玩的嚇人事。我希望你們感到害怕，同時也希望你們大笑。這都是想像出來的故事。當然，最可怕的地方在你們自己心裡。

過個害怕的一天吧！

出版緣起

人生從奇幻冒險開始

城邦媒體集團首席執行長　何飛鵬

我的八到十二歲是在《三劍客》、《基度山恩仇記》、《乞丐王子》中度過的。可是現在的小孩有更新奇的玩具、電玩、漫畫，以及迪士尼樂園等。

八到十二歲，正是孩子從字數極少、以圖畫爲主的繪本閱讀，跨越到漸漸以文字閱讀爲主的時期。也正是訓練孩子從圖像式思考，轉變成文字思考的重要階段。在這個階段，養成長期的文字閱讀習慣，能培養孩子敘事、分析、推理的邏輯思辨能力，奠定良好的寫作實力與數理學力基礎。

然而，現在的父母擔心，大環境造成了習於圖像、不擅思考、討厭文字的一代。什麼力量能讓孩子重回閱讀的懷抱呢？

全球銷售三億五千萬冊的「雞皮疙瘩」，正是爲了滿足此一年齡層的孩子的需求而誕生的！

無論是校園怪奇傳說、墓地探險、鬼屋驚魂，或是與木乃伊、外星人、幽靈、吸血鬼、殭屍、怪物、精靈、傀儡相遇過招，這些孩子們的腦袋裡經常出現的角色或想像，經由作者的生花妙筆，營造出一個個讓孩子們縱橫馳騁的魔幻時空、光怪陸離的神奇異界，經歷各種危急險難，最終卻又能安全地化險為夷。這樣的冒險犯難，無論男孩女孩，無不拍案稱奇、心怡神醉！

本系列作品被譯為三十二種語言版本，並在全球數十個國家出版，創下了出版史上多項的輝煌紀錄，廣受世界各地孩子的喜愛。作者史坦恩表示，這套作品之所以成功，是因為多年的兒童雜誌編輯工作，讓他對兒童心理和兒童閱讀需求有了深刻理解——他知道什麼能逗兒童發笑，什麼能使他們戰慄。

我們誠摯地希望臺灣的孩子也能和世界上其他的孩子一樣，有更豐富多元的閱讀選擇。更希望藉由這套融合驚險恐怖與滑稽幽默於一爐，情節緊湊又緊張的「雞皮疙瘩系列叢書」，重拾八到十二歲孩子的閱讀興趣，從而建立他們的閱讀習慣，擁有一個快樂學習的童年。

現在，我們一起繫好安全帶，放膽體驗前所未有的驚異奇航吧！

專文推薦

戰慄娛人的鬼故事

廖卓成
國立臺北教育大學語文與創作系兒童文學教授

這套書很適合愛看鬼故事的讀者。

文學的趣味不止一端，莞爾會心是趣味，熱鬧誇張是趣味，刺激驚悚也是趣味。有人擔心鬼故事助長迷信，其實古典小說中，也有志怪小說一類，《聊齋誌異》就有不少鬼故事。何況，這套書的作者開宗明義的說：「這都是想像出來的故事」，不必當眞。

既然恐怖電影可以看，看鬼故事似乎也無妨；考試的書讀久了，偶爾調劑一下，對頭腦卻是有益。當然，如果看鬼片會連續失眠，妨害日常生活，那就不宜勉強了。

雋永的文學作品，應該有深刻的內涵；但不少兒童文學作品說教有餘，趣味不足。只要有趣味，而且不是害人爲樂的惡趣，就是好的作品。鮑姆（Baum）在《綠野仙蹤》的序言裡，挑明了他寫書就是爲了娛樂讀者。

倒是內行的讀者，不妨考校一下自己的功力，留意這套書的敘事技巧，由主角「我」來講故事，有甚麼效果？書中衝突的設計與化解，是否意想不到又合情合理？能不能有不同的設計？會不會更好？這是另一種引人入勝之處。

導讀

結局只是另一場驚嚇的開始

耿一偉
臺北藝術節藝術總監
臺北藝術大學戲劇系兼任助理教授

不知道大家還記不記得，小時候玩遊戲，比如捉迷藏等，都會有一個人要當鬼。鬼在這個遊戲中很重要，沒有鬼來捉人，遊戲就不好玩。這些遊戲的關鍵特色，不是人要去消滅鬼，而是要去享受人被鬼追的刺激樂趣。所以當鬼捉到人後，不是遊戲就結束，而是下一個人要去當鬼。於是，當鬼反而是件苦差事，因爲捉人沒有樂趣，恨不得趕快找人來替代。所以遊戲不能沒有鬼，不然這個遊戲就不好玩了。

在史坦恩的「雞皮疙瘩系列」中，這些鬼所扮演的角色也是類似遊戲中的鬼，給我帶來閱讀與想像的刺激。各位讀者如果留意一下，會發現在他的小說中，都有一個類似的現象，就是結局往往不是一個對抗式的終局，一種善惡誓不兩立，以消滅魔鬼爲最終目標的故事——這比較是屬於成人恐怖片的模式，不是你死，就是人類全部變殭屍。但「雞皮疙瘩系列」中，你的雞皮疙瘩起來了，可是結尾的時候，鬼並不是死了，而是類似遊戲一樣，這些鬼換了另一種角色，而且有下一場遊戲又要繼續開始的感覺。

礙於閱讀的樂趣，我無法在此對故事結局說太多，但各位看完小說時，可以再回想我在這裡說的，就知道，「雞皮疙瘩系列」跟遊戲之間，的確有類似性。換另一個角度來看，這些主角大多爲青少年，他們在生活中碰到的問題，如搬家面對新環境、男生女生的尷尬期、霸凌、友誼等，都在故事過程一一碰觸。

「雞皮疙瘩系列」令人愛不釋手的原因，也在於表面上好像主角是鬼，但讀到一半，你會感覺到，故事的重點不知不覺地從這些鬼怪轉移到那些被追的青少年身上，鬼可不可怕不是重點，重點是被追的過程中，一些青少年生活中的苦悶，也被突顯放大，甚至在故事中被解決了。所以你會在某種程度感受到，這本書的內容是在講你，在講你的生活，在講你的世界，鬼的出現，只是把這些青春期的事件給激化了。

另一個有趣的現象，是從日常生活轉入魔幻世界的關鍵點，往往發生在父母不在身邊，然後主角闖入不熟識空間的時候——比如《魔血》是主角暫住到姑婆家、《吸血鬼的鬼氣》是闖入地下室的祕道、《我的新家是鬼屋》是新家的詭異房間……等等。

因爲誤闖這些空間，奇怪的靈異事件開始打斷平凡無趣的日常軌道，一段冒險展開了，一場你追我跑的遊戲開始進行，而父母們往往對此毫無所悉，不知道自己的兒女在故事結束時，已經有所變化，變得更負責任，更勇敢。

「雞皮疙瘩系列」的意義，也在這個地方。在平凡無奇充滿壓力的青春期校園生活中，有那麼多不快樂、有那麼多鬼怪現象在生活中困擾著我們，但這無法跟家長說，因爲他們不能理解，他們看不到我們看到的。但透過閱讀，透過想像力所引發的鬼捉人遊戲，這些不滿被發洩，這些被學校所壓抑的精力被釋放了。

幸好有這些鬼怪的陪伴，日子不再那麼無聊，世界可以靠自己的力量改變。

終究，在青少年的世界裡，鬼怪並不是那麼可怕，在史坦恩的小說中，也往往會有主角最後拯救了這些鬼怪的情形，彷彿他們不是惡鬼，而比較像誤闖人類世界的外星人……這也是青少年的焦慮，他們正準備降臨成人世界，這件事讓他們起了雞皮疙瘩!!

這句英文怎麼說

到底是什麼生物會發出那種聲音呢？
What kind of creature makes such a cry?

1.

我們是在聖誕節的假期搬到佛羅里達的。一個星期之後，我第一次聽到從濕地傳來那陣令人毛骨悚然的號叫聲。

每天晚上，我都被那號叫聲從睡夢中驚醒。我屏住呼吸坐在床上，用手緊緊環住身體，好讓自己不再嚇得一直發抖。

我盯著臥室窗外那輪皎潔的滿月，側耳傾聽。

到底是什麼生物會發出那種聲音呢？我問自己。

牠究竟離我有多近？爲什麼聽起來好像就在我的窗外？

那陣號叫聲忽高忽低，很像是警車上的警笛，聽起來既不傷感也不悲哀，反而有點警示的意味。

那是一種憤怒的叫聲。

對我來說，那號叫聲聽起來倒像是一種警告——快滾出這片濕地，你不屬於這裡。

當我們全家一搬到佛羅里達這個位在濕地邊緣的新家時，我便迫不及待的想要去探險了。我站在後院，用爸送我的十二歲生日禮物——望遠鏡，觀察著濕地。

濕地上有著細白樹幹的樹木互相依偎著。它們又大又平坦的葉片形成一大片藍色的陰影，就像個屋頂似的遮住了整個濕地。

在我身後，有幾隻鹿在鐵絲網圍成的柵欄裡不安的踱來踱去。我可以聽到牠們用腳踢著柔軟的沙地、以及用頭上的角摩擦著柵欄的聲音。

我放下望遠鏡轉身看著牠們。

就是因爲這些鹿，我們才會搬到佛羅里達來的。

我爸，麥可·福·塔克是個科學家。他在柏林頓的佛蒙特大學工作。相信我，那裡可是離佛羅里達的濕地遠得很哩。

爸是從南美洲不知道什麼國家弄來這六隻鹿的。牠們叫做濕地鹿，長得跟一

這句英文怎麼說

你不屬於這裡。
You do not belong here.

般的鹿很不一樣。我的意思是說，牠們長得並不像小鹿斑比。舉個例來說，牠們的毛是紅色的，而不是棕色的。此外牠們腳上的蹄很大，而且還有蹼，以便於在泥濘的濕地上行走。這是我猜的啦。

爸想要知道這些南美洲的濕地鹿是否能在佛羅里達生存。他打算在這些鹿的身上裝上小型電子傳送器，再把牠們放到濕地去。如此一來，他就可以研究這些鹿是如何適應環境而活下去的了。

當爸在柏林頓告訴我們，爲了這些鹿，全家得搬到佛羅里達的時候，我們都嚇得不知所措。因爲我們根本就不想搬家。

我姊愛蜜麗爲此哭了好幾天。她今年十六歲，不想因爲搬家而中斷了高中最後一年的課。我也不想離開我的朋友。

可是爸很快便說服了媽和他站在同一陣線。媽也是個科學家，她和爸一起合作過很多計畫。所以，她當然會支持爸的想法囉。

他們兩個人不斷試圖說服愛蜜麗和我，說這是人生一次難得的機會，而且一定會很刺激，將是我們這輩子都不會忘記的冒險經驗。

於是我們便來到這裡了。我們住在一棟小白屋裡，附近還有四、五棟小白屋。我們的屋子後面用柵欄圍了六隻長得很奇怪的紅鹿。佛羅里達的陽光十分炙熱，一望無際的濕地從我們平坦且雜草叢生的後院一直延伸出去。

我轉身離開鹿群，舉起望遠鏡一看，「哇！」當我看到兩隻黑色的大眼睛正盯著我時，忍不住大叫起來。

我拿起望遠鏡，瞇著眼睛往濕地的方向望去。我看到在不遠處有一隻大白鳥，牠的兩條腿又細又長。

「那是一隻鶴。」愛蜜麗說。她不知道什麼時候走到我旁邊的。愛蜜麗穿著一件白色的背心和紅色牛仔短褲。她長得又高又瘦，皮膚又很白，看起來很像一隻鶴。

這時那隻大鳥突然一掉頭，快步往濕地的方向跑去。

「我們得跟上去。」我說。

愛蜜麗噘著嘴，一臉不高興的模樣。自從我們搬到這裡以後，我便經常看到她露出這種表情。「我才不要，天氣太熱了。」

這句英文怎麼說

我們去探險一下嘛。
Let's do some exploring.

「好嘛，別這樣啦，」我拉拉她瘦巴巴的手臂，「我們去探險一下嘛，去看看濕地是什麼樣子。」

她搖搖頭，紮在腦袋後面的金色馬尾也跟著晃來晃去。「我一點都不想去，葛萊迪。」她扶了一下鼻子上的太陽眼鏡，「而且，我正在等一封信。」

我們住的地方離最近的郵局還很遠，所以一星期只能收到兩次郵件。愛蜜麗大部分的時間都在等信。

「在等馬丁寄來的情書？」我咧嘴笑著問她。

馬丁是她在柏林頓的男朋友，她最討厭我拿馬丁開玩笑了，可是我只要一逮到機會便取笑她。

「也許吧。」她說罷，便把兩隻手伸過來弄亂我的頭髮。她知道我最討厭頭髮被弄得亂七八糟的了。

「拜託啦！」我求她，「別這樣嘛，愛蜜麗。只走一小段路，很小一段而已。」

「愛蜜麗，跟葛萊迪去散散步吧。」爸突然插話進來。我們一轉身，看見他正站在鹿欄裡面。他手上拿著筆記本，逐一爲那些鹿做記錄。「去吧，」他催促著我姊說，「反正妳鬧著也是鬧著。」

「可是，爸——」愛蜜麗又一副想發牢騷的樣子。她最會用這招了。

「快去吧，小愛，」爸堅持道，「一定會很有趣的。至少，總比跟妳弟站在大太陽底下爭論，要有趣得多吧。」

愛蜜麗又用手推推太陽眼鏡。因爲她的眼鏡一直從鼻樑上滑下來。「那……好吧！」

「太好啦！」我忍不住叫出聲來。我眞的是太興奮了！因爲我以前從來都沒有去過眞正的濕地。「我們走！」我抓住姊姊的手，拉著她便往前走。

愛蜜麗不太情願的跟在後面，一副很不開心的樣子。「我有一種很不好的預感。」她喃喃說道。

我的影子歪歪斜斜的躺在後面。我一面很快的朝著那些傾斜的矮樹叢走去，一面說：「愛蜜麗，怎麼可能會發生什麼不好的事嘛！」

這句英文怎麼說

這裡好吵喔。
It's so noisy here.

2.

樹底下又熱又濕，就連吹在臉上的風都黏呼呼的。棕櫚樹寬大的葉子垂得低低的，幾乎伸手就可以摸到了。這些葉子把陽光都遮住了，不過還是有一束束的光線穿透了葉子，像聚光燈似的照在濕地上。

沙沙作響的野草和羊齒葉一直刮著我赤裸的腿。我眞希望現在穿的是牛仔長褲，而不是短褲。我緊挨著我姊，走在一條彎彎曲曲的小徑上。掛在脖子上的望遠鏡一直壓在胸口，讓我覺得它變得很重。早知道就把它留在家裡了。

「這裡好吵喔！」愛蜜麗一邊跨過一根腐爛的木頭，一邊抱怨。

她說得對極了。濕地裡最令人驚訝的地方，就是充斥著各種聲音。

有一隻鳥在頭頂上不知道什麼地方拚命叫著，而另一隻鳥則以尖銳刺耳的聲

音回應。還有各種昆蟲在四周大聲叫個不停，我聽到一陣「答——答——答」的聲音，像是有人用榔頭在敲著木頭。是啄木鳥嗎？棕櫚葉晃動時發出霹霹啪啪的聲音，細長的小樹幹也咯吱作響。我的涼鞋踩在泥濘的土裡時，還會不時發出窸窸窣窣的聲響。

「嘿，你看！」愛蜜麗用手指著前方。她拿下太陽眼鏡，好讓自己看得更清楚一點。

我們來到一個橢圓型的小池塘邊。池裡的水是深綠色的，有一半被樹的影子給遮住了。白色的蓮花優雅的倚著平坦的綠色蓮葉，浮在池塘水面上。

「好漂亮喔！」愛蜜麗一面說，一面用手拂去肩膀上的一隻小蟲。「下次我一定要帶照相機來這裡，拍幾張這個池塘的照片。你看那光線有多棒！」

我順著她的視線看過去。池塘這邊都被樹的陰影給遮住了。可是另一邊卻讓陽光穿透了樹叢，斜斜的照在寧靜的水面上，像是個閃閃發亮的窗簾。

「是還不錯啦。」我表示同意。其實我對池塘沒什麼太大的興趣。我對野生動物的興趣要更大一點兒。

這句英文怎麼說

我順著她的視線看過去。

I followed her gaze.

我讓愛蜜麗繼續欣賞池塘和蓮花好一會兒，然後我們便沿著池塘，往濕地的深處走去。

我的涼鞋拍打著腳下潮濕的泥巴地，頭上有一大群的蚊子，大概有幾千隻吧，在陽光的照耀下靜靜的飛舞著。

「好噁心喔，」愛蜜麗咕噥著說，「我最討厭蚊子了。光是看到牠們，我就會全身發癢。」說罷，她便抓抓自己的手臂。

我們一轉過頭，同時看到好像有什麼東西很快的從一段橫倒在地、布滿青苔的木頭後面跑了過去。

「哇，那是什麼啊？」愛蜜麗抓著我的手臂大嚷。

「是一隻鱷魚！」我喊道，「是一隻饑餓的鱷魚！」

她嚇得尖聲大叫。

我笑了起來。「妳到底是怎麼回事啊，小愛？那只不過是隻蜥蜴罷了。」

她用力抓著我的手臂，想拉我往後退。「你這個怪物，葛萊迪。」她低聲抱怨，然後又抓抓自己的手臂。「這個濕地讓人家癢死了，我們回去吧！」她發牢騷說。

「再往前走一點點啦。」我懇求著。

「不行。別這樣啦！我真的很想回去了。」她想拉住我，可是被我躲過了。

「葛萊迪……」

我轉身離開她，繼續往濕地深處走去。我又聽到那陣「答──答──答」的聲音，就在頭的上方。在濕熱微風的吹拂下，低垂的棕櫚葉互相摩擦著，還不斷發出霹霹啪啪的聲音。昆蟲尖銳的鳴叫也變得越來越大了。

「我要回去了，把你一個人留在這裡喔。」愛蜜麗威脅我。

我不理她，繼續往前走。因爲我知道，她只是在唬我而已。

當我的涼鞋踩在乾燥的棕色棕櫚葉上時，不時發出窸窸窣窣的聲音。即使我不回頭看，也知道愛蜜麗就跟在我後面不遠處。

有一隻蜥蜴倉皇失措的從我涼鞋前面跑了過去，就像一隻黑色的箭直射入矮樹叢裡。

這時，前面的路突然變成了上坡。我們發現自己正頂著大太陽，爬上一個低

這句英文怎麼說

大滴大滴的汗水從我的臉頰滑下來。
Beads of sweat ran down my cheeks.

矮的小山丘。那兒有一片空地。

大滴大滴的汗水從我的臉頰滑下來。空氣非常的濕，讓我覺得自己好像在游泳似的。

爬到山丘頂時，我們停下來環顧四周。

「嘿，這裡又有一個池塘耶！」我一邊高喊，一邊跑過一片黃色的濕地草皮，來到了池塘邊。

可是這個池塘看起來很不一樣。

池塘裡深綠色的水並不平靜。

我彎下腰來，可以看到池裡的水又黑又濃稠，就像豌豆湯一樣。而且當池水搖晃的時候，還會發出噁心的咯咯和噗通的聲音。

我彎下腰，想靠得更近一點看個仔細。

「這是流沙！」我聽到愛蜜麗很害怕的大叫。

然後我感到有一雙手在我背後用力一推。

3.

就在我快要掉進那個冒著泡泡的綠色泥池裡時，那雙手抓住我的腰，把我拉了回來。

愛蜜麗咯咯笑了起來。「整到你了吧？」她一面嚷著，一面抓著我不放，以防我轉過身來打她。

「喂，放開我！」我生氣的高喊。「妳差點兒就把我推到流沙裡去了！一點都不好玩！」

她又笑了一會兒才把我放開。「這不是流沙啦，你這個傻瓜，」她低聲說：「這是個沼澤。」

「什麼？」我回頭看著那混濁的池水。

這句英文怎麼說

她不耐煩的又說了一次。
She repeated impatiently.

「這是個沼澤，泥煤沼澤。」她不耐煩的又說了一次。「你怎麼什麼都不知道啊？」

「什麼是泥煤沼澤啊？」我無視於她的批評繼續問。

愛蜜麗自以爲是個萬事通，她老是吹牛說自己什麼都知道；至於我呢，則是個大笨蛋。不過她在學校的成績只有乙等，我可是拿甲等喔。所以，到底是誰比較聰明呢？

「去年我們有學過濕地和雨林，」她很得意的回答，「池塘會看起來那麼濃稠的原因，是因爲裡面長了煤苔。煤苔會在水裡吸收相當於自己重量二十五倍的東西，然後會越長越多。」

「看起來好噁心喔！」我說。

「你爲什麼不喝喝看，嚐嚐看是什麼味道。」愛蜜麗勸我。

她又想要推我一把，不過我很快側過身躲開了。「我又不渴。」我低聲說。

我知道這麼回答並不是很酷啦，可是這已經是我所能夠想到最好的說法了。

「我們走吧！」她一面說，一面用手揮去額頭上的汗珠。「我真的覺得好熱喔！」

「嗯，好吧。」我不太情願的說。「不過走這一趟還滿不錯的。」

我們離開了泥煤沼澤，開始從山丘往下走。「喂，妳看！」我大聲嚷道，並用手指著頭頂上飄在白雲下的兩塊黑色陰影。

「那是獵鷹！」愛蜜麗用手遮住眼睛上方的陽光，仔細端詳著那兩隻獵鷹說道，「我覺得是獵鷹。雖然看得不是很清楚，不過看得出來牠們很大就是了。」

我們看著牠們飛離了視線，然後繼續往山下走，小心翼翼的經過潮濕的沙地繼續前進。

走到山腳茂密的樹叢底下時，我們停下來喘口氣，休息了一下。

我現在滿身大汗，覺得脖子後面又熱又癢。我用手搔了一下，可是好像沒有什麼用。

風停了，空氣顯得異常沉重。一切都在靜止的狀態。

這時，一陣宏亮的鳥叫聲引起我的注意。原來是兩隻大黑鳥停在柏樹低垂的枝頭盯著我們看。牠們又叫了幾聲，好像是在叫我們趕快離開。

這句英文怎麼說

我們看著牠們飛離了視線。
We watched them soar out of sight.

「走這邊吧！」愛蜜麗嘆口氣說。

我跟在她後面，覺得全身上下又痛又癢。「眞希望我們的新家有游泳池。如果有的話，我會穿著衣服就跳進去！」我說。

我們又走了好幾分鐘。樹林變得越來越濃密，光線也變得越來越昏暗。已經沒有路了，我們只好撥開巨大的羊齒葉繼續往前走。

「我……我覺得剛才沒走過這裡耶，」我結結巴巴的說，「我們好像走錯路了……」

我們兩個人面面相覷，心裡充滿了恐懼。

這時我們兩個都意識到，我們迷路了。

徹徹底底的迷路了。

4.

「我不相信！」愛蜜麗尖叫起來。

她的尖叫聲嚇得兩隻樹枝上的黑鳥不停拍打著翅膀。牠們很生氣的叫了幾聲後，便飛走了。

「我怎麼會在這裡呢？」她高聲叫道。愛蜜麗向來不善於處理危機。在柏林頓的時候，有一回她正在上駕訓班的課，車子的輪胎沒氣了，沒想到她竟然當場跳下車子跑掉了！

所以，現在我根本就不指望她會保持冷靜。

自從我們在這個又暗又熱的濕地裡迷路後，我就知道她一定會嚇得驚惶失措。事實證明果然如此。

這句英文怎麼說

我連青苔長什麼樣子都不知道。
I'm not even sure what moss looks like.

我在家裡算是一個冷靜的人。這點很像我爸，冷靜而有科學態度。「我們得找出太陽的方向在哪裡。」我強忍住內心的不安說。

「什麼太陽？」愛蜜麗又叫了起來，她的手朝天空揮了幾下。

這裡真的很暗。棕櫚樹寬闊的葉片蓋在我們頭頂上，就像個密實的屋頂。

「嗯，我們可以觀察一下青苔。」雖然我的心跳得很快，可是我還是這樣建議道。「青苔不是應該長在樹的北側嗎？」

「我想是東側吧。」愛蜜麗低聲說，「或者是西側？」

「我非常確定是北側。」我堅持道，並環顧著四周。

「非常確定？非常確定有什麼用？」愛蜜麗高叫著。

「別管什麼青苔了。」我轉了轉眼珠子說。「我連青苔長什麼樣子都不知道。」

我們兩個互相對望了好久。

「你不是隨身都會帶著指南針嗎？」愛蜜麗問我。她的聲音聽起來有點微微的顫抖。

「對啊，但那是我四歲的時候。」我說。

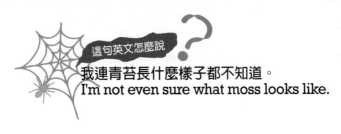

「我簡直不敢相信我們竟然會這麼笨，」愛蜜麗嚷道，「我們應該隨身帶著電子傳送器的，你知道，就是裝在鹿身上的那個東西。這樣爸就可以找到我們了……」

「我應該穿牛仔褲出來的。」我嘀咕著。因爲我發現小腿上冒出了一些小小的紅色疹子。

「我們該怎麼辦？」愛蜜麗一面焦急的問我，一面用手擦擦額頭上的汗水。

「我想，我們該走回山上，」我告訴她，「那裡沒有樹，可以看得到太陽。一旦看得到太陽在哪裡，就可以知道回去的方向了。」

「可是，要走哪一條路才能回到山上呢？」愛蜜麗問。

我原地繞了一圈。是在我們後面？還是我們右邊的這條路？當我發現其實自己並不確定的時候，整個背脊都涼了起來。

於是我聳聳肩，嘆口氣說：「我們是眞的迷路了。」

「我們就走這條路吧！」愛蜜麗開始往前走。「我的直覺告訴我，就是這條路。如果我們又走回那個泥煤沼澤的話，就會證明沒有走錯。」

這句英文怎麼說

我就知道我是對的。
I knew I was right.

「如果走錯了呢？」我問她。

「或許我們會找到別的路啊。」她這麼說。

眞聰明。

可是我知道，若是現在與她爭論的話，根本就沒有用。所以我決定跟著她走。

我們靜靜的走著。四周都是昆蟲尖銳的鳴叫聲，而頭頂上鳥兒的叫聲更是讓我們驚嚇不已。過了一會兒之後，我們得撥開一大叢又高又硬的蘆葦，才能繼續往前走。

「我們剛才走過這裡嗎？」愛蜜麗問我。

我不記得了。我想撥開蘆葦好走過去，卻發現有些什麼黏黏的東西沾在手上了。「好噁心喔！」

「喂，你看！」愛蜜麗興奮的叫聲，讓我的視線從手上那團黏糊糊的東西轉而往前看。

是那個沼澤！就在我們的正前方。就是我們之前曾經停留過的那個沼澤。

「太棒啦！」愛蜜麗開心的叫出聲來。「我就知道我是對的。我一直有這種

預感。」

看到這個冒泡的綠池塘，讓我們兩個人的精神都爲之一振。一繞過它，我們便開始往前跑。因爲我們知道我們走對了路，而且就快要回到家了。

「找到路囉！」我開心的大叫，然後越過了我姊。「找到路囉！」

這時，突然有什麼東西抓住我的腳踝，把我拉倒在濕地上。

這句英文怎麼說

那不過是樹根罷了。
It's just a tree root.

5.

我重重的摔在地上，手肘和膝蓋同時著地。

我簡直是嚇壞了。

這時我的嘴巴嚐到了血的味道。

「快起來！快起來！」愛蜜麗不停的大叫。

「我……我被抓住了！」我用顫抖的聲音喊著。

我的心噗通噗通跳得好厲害。接著，我又嚐到了血的味道。

我一抬眼，只見到愛蜜麗正在大笑。

她居然在笑？

「那不過是樹根罷了。」她用手指著說。

我順著她手指的方向看過去，很快便發現原來我並沒有被什麼東西抓住，而是被突出在路面上成拱形的樹根給絆倒了。

我盯著那根像骨頭似的樹根。它的中間彎彎的，看起來很像是一根白色、皮包骨似的腿。

那我嚐到的血又是什麼？

這時我感到嘴唇一陣痛楚。

原來是我跌倒的時候，把嘴唇給咬破了。

我呻吟著從地上爬了起來。

我的膝蓋很痛，嘴唇抖個不停，血從下巴流了下來。

「眞是笨手笨腳的！」愛蜜麗輕聲說，然後她又加了一句：「你沒事吧？」

她用手拂去沾在我T恤背後的枯葉。

「我想還好吧，」我回答她，雖然我還是覺得有點怕怕的。「我剛才眞的覺得有什麼東西抓住我了。」我勉強擠出一絲笑容。

她把手放在我的肩膀上，我們又繼續並肩往前走。不過走得比原來要慢一點

這句英文怎麼說

那些灰色的大東西是什麼？
What are those huge gray things?

兒就是。

微弱的太陽光透過濃密的樹葉穿透進來，形成一個一個的光點撒在前面。一切看起來都很不眞實，好像在做夢似的。

在我們右邊的灌木叢後面，有幾隻動物飛快的跑過去，同時還發出嘈雜的聲響。愛蜜麗和我連看都不想看一眼。

我們只想快點回家。

但是沒多久，我們便發現又走錯了路。

我們在一處圓型的小空地邊停了下來。頭頂上的鳥兒們吱吱喳喳吵個不停。微風吹得棕櫚葉發出沙沙的聲音。

「那些灰色的大東西是什麼？」我在姊姊後面徘徊著。

「我猜是蘑菇。」她輕聲說。

「像足球一樣大的蘑菇。」我喃喃說道。

這時，我們兩個同時看見了一間小茅屋。

那間小茅屋是在空地的另外一邊，隱藏在大蘑菇附近，兩棵低垂柏樹的樹蔭底下。

我們不發一語，驚訝的看著那間小茅屋，並往它那裡走了幾步。然後，又往前走了幾步。

那間小茅屋眞的很小，而且很矮，比我高不了多少。

它有個用長蘆葦和乾草做的屋頂，牆壁則是用一層層乾燥的棕櫚葉編成。那扇用細長的樹枝綁在一起的門緊緊的關著。

而且，小茅屋沒有任何一扇窗戶。

在門前幾碼的地方，有一個圓形的灰堆，應該是營火的痕跡。

我看到一雙破破爛爛的舊工作鞋擺在小茅屋的邊上。除此之外，鞋子旁邊還有幾個空罐頭，以及一個被壓扁的空塑膠水瓶。

我轉過頭，悄悄的對愛蜜麗說：「妳覺得有人住在這裡嗎？住在濕地的中央？」

她聳聳肩，看起來非常害怕的樣子。

「如果有人住在這裡的話，或許他可以告訴我們該怎麼回家。」我說。

這句英文怎麼說

他躲在這裡。
He's hiding here.

「或許吧。」愛蜜麗喃喃道。她的眼睛一直盯著那間被樹蔭覆蓋的小茅屋。

我們又往小茅屋的方向走了幾步。

爲什麼會有人想住在濕地中央這麼小的房子裡？我眞不懂。

這時我的腦海裡突然閃過一個念頭：因爲有人想要逃避這個世界。

「這是個藏匿處，」我低聲說，卻沒有意識到其實自己的聲音很大，「裡面住的可能是犯人、銀行搶匪，或者是殺人兇手。他躲在這裡。」

「噓——」愛蜜麗把手指放在我的嘴上，示意要我小聲點兒，可是卻碰到我嘴上的傷口。

我趕緊躲開來。

「有人在家嗎？」她用顫抖的聲音低聲問，低到我幾乎都聽不到了。「有人在家嗎？」她又問了一次，這次聲音稍微大了一點。

我決定加入她的行列。我們一起高聲大喊：「有人在家嗎？有沒有人在啊？」

然後，我們側耳傾聽。

沒有人回答。

我們走向那個低矮的門。

「有人在嗎?」我又再問了一次。

接著我把手伸向了門把。

這句英文怎麼說

他狂野的黑眼珠直盯著我們看。
He glared at us with wild black eyes.

6.

正當我要拉開那扇粗糙的木門時，它竟然開了。

而且還差點打到我們兩個。

這時，突然有個陌生男人從漆黑的小茅屋裡出現，嚇得我們兩個往後倒退了幾步。

他狂野的黑眼珠直盯著我們看，一頭及肩的灰白色長髮在腦後綁了一個鬆鬆的馬尾。

他滿臉通紅，可能是被太陽曬傷的，或者是因爲生氣而脹紅。

他非常不高興，帶著威脅的眼光瞪著我們，而且還一直彎著腰。或許是因爲他一直住在那麼矮的小茅屋裡的關係吧。

他穿著一件寬鬆的白色T恤，皺巴巴的還沾滿了污漬。下半身則穿了一件黑色的褲子，褲子長得幾乎都蓋住腳上的涼鞋了。

當他用那雙令人驚訝的黑眼睛盯著我們看的時候，嘴巴還張得老大，露出嘴裡兩排參差不齊的黃板牙。

我往後退了一步，和姊姊擠在一起。

我很想問他，他到底是誰，以及他爲什麼會住在濕地裡。我還很想知道，他是否能幫我們找到回家的路。

我的心裡閃過一大堆問題。

結果，我竟然只說了：「呃……對不起。」

這時我才發現愛蜜麗早就跑掉了。當她穿過那片高大的草叢時，馬尾還不停的晃來晃去。

我很快跟著她跑了過去。

我的心噗通噗通跳得飛快。

我的涼鞋踩在柔軟的泥地上，還不時發出窸窸窣窣的聲音。

這句英文怎麼說

我的心裡閃過一大堆問題。
A dozen questions flashed through my mind.

「喂，愛蜜麗……等等我！等一下啊！」

我跑過一片像是由枯枝落葉所鋪成的地毯。

當我盡全力想追上愛蜜麗的時候，回頭看了一下——接著害怕的尖叫起來：

「愛蜜麗——他在追我們！」

7.

那個從小茅屋裡跑出來的男人彎著腰，大步大步的追著我們，兩隻手還在身子兩側晃來晃去的。他跑得上氣不接下氣，嘴巴還張得開開的，露出嘴裡參差不齊的牙齒。

「快跑！」愛蜜麗大喊：「快跑啊，葛萊迪！」

我們在一條窄窄的小路上跑啊跑的，路邊長滿了高大的雜草。四周的樹木變稀少了起來。

我們一會兒跑在樹蔭底下，一會兒又跑在大太陽底下，跑了好久好久。

「愛蜜麗……等我一下！」我跑得連氣都快要喘不過來了。可是愛蜜麗並沒有因此而放慢腳步。

這時，我們的左邊出現了一個又長又窄的池塘。池塘的中央高聳著一些很奇怪的樹，細長的樹幹被黑色的樹根給包圍著。

是紅樹林。

我很想停下來，好好的觀察一下這些長得奇形怪狀的樹。可是現在我可沒有時間欣賞風景。

我們沿著池塘邊跑，涼鞋一直陷進濕軟的泥土裡。我覺得胸口很沉很重，喉嚨又燥又乾。我一路跟在愛蜜麗的後面，直到小路又彎進樹林裡。

突然我的肋骨中間感到一陣刺痛，痛得我忍不住大叫出聲。我停下來想要喘口氣。

「喂，他已經不見了。」愛蜜麗一邊喘著氣一邊說。她停在我前面幾碼的地方，身體還靠著樹幹。「我們甩掉他了。」

我彎下腰，試著想讓肋骨中間的疼痛能夠減緩一些。一會兒之後，我的呼吸變得比較順暢，也比較正常了。

「真是太詭異了！」我說。這時我的腦子裡幾乎是一片空白。

樹木變稀少了。
The tree thinned out.

「對啊，眞的很詭異，」愛蜜麗附和著。她走回我身邊，把我拉起來。「你沒事吧？」

「我想是吧。」那陣刺痛終於消失了。每次只要我跑得太久，右邊肋骨那裡就會很痛。可是這次比以前要痛得多，那是因爲我平常可不必爲了逃命而跑啊！

「走吧！」愛蜜麗說。她放開我，沿著小路快速往前走去。

「嘿，我覺得這裡看起來很眼熟。」我說。現在我覺得好過一點兒了，於是我開始慢跑。

我們經過一大叢看起來很眼熟的樹木和羊齒植物。我可以看到我們留在沙地上的腳印，往另外一邊延伸過去。

一會兒之後，我們便看到我們家的後院了。「家，甜蜜的家！」我大叫。

愛蜜麗和我走出矮樹叢，穿過草地，往我們家後院奔去。

爸和媽在後院裡擺放戶外家具。爸正在把一支遮陽傘插進白色的傘桌裡。媽正在用水管沖洗白色的草坪椅。

「嘿——歡迎回來。」爸笑著對我們說。

這句英文怎麼說

我覺得好過一點兒了。
I began to feel a little better.

「我們以爲你們迷路了。」媽說。

「我們是迷路了！」我上氣不接下氣的大叫。

媽關上水管，停止灑水。「你說什麼？」

「有人在追我們！」愛蜜麗說，「一個留著白色長髮的怪人！」

「他住在一間小茅屋裡，就在濕地的正中央。」我補充說。我整個人癱在草坪椅上，雖然草坪椅是濕的，可是我已經管不了那麼多了。

「什麼？他在追你們？」爸警覺的瞇起眼睛，然後說：「我聽鎮裡的人說過濕地那裡住了一位隱士。」

「對，就是他在追我們！」愛蜜麗又說了一次。她平常蒼白的臉孔如今變得紅通通的。她的馬尾都鬆掉了，頭髮亂七八糟的散在臉上。「眞……眞是嚇死人了！」

「有個在五金店裡的人告訴過我關於那個隱士的事，」爸說，「他說那個人很怪，可是完全不會傷害人。沒有人知道他叫什麼名字。」

「不會傷害人？」愛蜜麗尖叫起來，「那他爲什麼要追我們？」

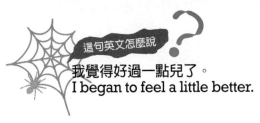

爸聳聳肩。「我只是告訴你們我聽到了什麼。顯然他一生中絕大多數的時間，都是自己一個人住在濕地裡。他從來都不到鎮上去。」

媽放下水管走向愛蜜麗，並把手放在愛蜜麗的肩膀上。在白花花的陽光下，她們看起來好像一對姊妹花。她們兩個都長得又高又瘦，還留著又長又直的金髮。我長得比較像我爸，棕色的卷髮，深色的眼珠子，而且還有點兒矮矮胖胖的。

「也許他們以後不該再自己跑去濕地裡了。」媽一面說，一面憂慮的咬著下唇。她把愛蜜麗的頭髮重新綁好。

「那個隱士應該不會傷害人才對。」爸又說了一次。他一直試著想把遮陽傘插進水泥洞裡。每次他想把遮陽傘放好，卻總是插不進去。

「是這裡啦，爸。我來幫你。」

我很快蹲到傘桌下面，把傘柄插進水泥洞裡去。

「放心啦，」愛蜜麗說，「你們再也別想讓我回濕地那兒去，」她抓抓自己的肩膀，「我看，我下半輩子會一直癢下去了！」她抱怨道。

「我們看到好多好酷的東西喔，」我說。現在，我已經恢復正常了。「像是

這句英文怎麼說

今年對小愛來說，真的很難熬。
This is going to be a hard year for EM.

泥煤沼澤，還有紅樹林……」

「我告訴過你們，這會是個很好的經驗。」爸一面說，一面把桌子旁邊的白色椅子擺好。

「是喔！」愛蜜麗轉了轉眼珠子，很不以爲然的說。「我要去沖個澡。也許只要沖上一個小時的澡，身體就不會那麼癢了。」

媽搖搖頭，看著愛蜜麗跺著腳往後門走去。「今年對小愛來說，眞的很難熬。」她低聲說。

爸把手上的泥巴往牛仔褲的兩側一擦，說：「跟我來，葛萊迪。」

他示意要我跟著他走。

「該去餵鹿吃東西了。」

吃晚餐的時候，我們談了很多關於濕地的事。爸告訴我們，他是如何設下陷阱，捕到那些用來做實驗的濕地鹿。

爸和他的同伴在南美洲的叢林裡找了好幾個星期。他們用麻醉槍捉到鹿後，再用直昇機把牠們運走。可是那些鹿顯然並不怎麼喜歡飛行。

「今天下午你們去探險的那個濕地，」爸一面吃著義大利麵，一面說道：「你們知道它叫什麼嗎？叫做熱濕地。反正當地人都是這麼稱呼的。」

「爲什麼？」愛蜜麗問道，「是因爲那裡很熱嗎？」

爸吃得滿嘴都塞滿了義大利麵，嘴巴兩邊還沾滿了番茄醬。「我不知道人們爲什麼稱它爲熱濕地，不過我想遲早我們一定會知道的。」

「也許是因爲發現濕地的人姓『熱』！」媽開玩笑說。

「我好想回佛蒙特的家！」愛蜜麗嚷了起來。

吃過晚餐之後，我覺得自己也有點兒想家了。我拿了一顆網球走到房子後面。我想，也許我可以把它對著牆扔著玩，就像以前在老家的時候一樣。

可是鹿欄卻擋在前面。

我想起我在柏林頓兩個最好的朋友，班和亞當。我們住在同一條街上，而且每天晚餐後都混在一起。我們常會玩球，或是跑到遊戲場裡打打鬧鬧一番。

這句英文怎麼說

我猜想著他們現在正在做什麼。
I wondered what they were doing right now.

看著其中一隻鹿靜靜的在柵欄邊走來走去，我才意識到我真的很想念朋友。我猜想著他們現在正在做什麼，也許是在班他家的後院鬼混吧。

我覺得有點沮喪，決定回屋裡看看電視有什麼節目——這時突然有隻手從後面抓住了我。

是那個濕地隱士！

8.

他找到我了！

濕地隱士找到我了！現在他逮到我了！

我的腦海裡突然冒出這些念頭。

當我轉過身，看到的並不是濕地隱士，而是一個男孩子的時候，忍不住驚叫出聲。

「嗨！」他對我說：「我以爲你看到我了。我不是故意要嚇你的。」他的聲音既沙啞又刺耳，聽起來很古怪。

「哦，嗯……我沒事啦。」我吞吞吐吐的說。

「我看到你在你們家院子裡，」他說，「我就住在那裡。」他指指從隔壁數

這句英文怎麼說

我以為你看到我了。
I thought you saw me.

來第三棟房子。「你們才剛搬過來啊？」

我點點頭。「對啊，我是葛萊迪．塔克。」我一把捉住彈起來的網球，「你叫什麼名字？」

「喔，我叫威爾．布萊克。」他用沙啞的聲音說。

他長得跟我差不多高，不過比我更壯、也更魁梧一點。他的肩膀比我寬，脖子也比較粗，看起來很像是個足球前鋒。

他有一頭深棕色的頭髮，剪得短短的，頭頂上的頭髮還一根根的豎了起來，像是一個平頂，但是兩側的頭髮卻往後梳。

他穿了一件藍白條紋的T恤和牛仔短褲。

「你幾歲啊？」他問我。

「十二歲。」我回答他。

「我也是。」他一面說，一面看著我身後的那些鹿。「我以爲你只有十一歲呢！我是說，你看起來年紀滿小的樣子。」

他這麼說讓我很火大，可是我決定不予理會。

「你住在這裡多久了？」我問他，同時還不停的把網球從一隻手拋到另外一隻手。

「好幾個月了。」威爾說。

「這裡有跟我們年紀差不多的小孩子嗎？」我一面問，眼睛還直盯著那一排六棟房子。

「有啊，有一個。」威爾說，「不過是個女孩子就是了。而且她有點怪怪的。」

遠方的太陽從濕地的樹林後面漸漸沉下去了，整個天空變成深紅色的。天氣突然變得有點涼。我仰望著天空，看到一輪皎潔的圓月。

威爾往鹿欄走了過去，我跟在他後面。他的腳步很沉重，而且每走一步，寬大的肩膀便隨之晃動。他把手伸到鐵絲網的洞裡面，讓鹿舔他的手掌。

「你爸也在森林服務處工作嗎？」他一面觀察著那些鹿一面問我。

「不是，」我告訴他，「我爸和我媽都是科學家。他們在研究這些鹿。」

「這些鹿長得好奇怪喔！」威爾說。他把手從鹿欄裡縮回來，然後舉得高高的。「好噁心喔，都是鹿的口水。」

這句英文怎麼說

你知道那裡為什麼叫熱濕地嗎？
Do you know why it's called Fever Swamp?

我笑了起來。「牠們叫濕地鹿。」我告訴他，並把網球扔向他。

我們離開了鹿欄，開始把球扔來扔去玩了起來。

「你有沒有去過濕地啊？」威爾問我。

我一閃神沒接住球，只得跑到草地上去撿。

「有啊，今天下午才去過，」我告訴他，「我跟我姊一起去的。而且我們還迷了路。」

他偷偷笑起來。

「你知道那裡爲什麼叫熱濕地嗎？」說罷，我丟了一記高飛球給他。

天色變得越來越暗，能見度越來越差了。可是他居然用一隻手就接住了球。

「知道啊，我爸告訴過我這個故事。」威爾說，「我想這大概是一百年前的事了，或許還要更久一點。那時候鎮上每個人都得了一種奇怪的熱病。」

「每個人？」我問。

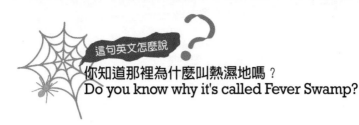

他點點頭。「每個去過濕地的人，都得了熱病。」他把球拿在手上，走近我。

「我爸說，那種熱病會持續幾個星期，有時候甚至會持續幾個月。很多人因此而病死了。」

「眞是太可怕了！」我低聲說道，視線越過後院，直盯著濕地邊緣那些黑黝黝的樹林。

「至於那些得了熱病卻沒有死掉的人，開始變得瘋瘋癲癲的。」威爾繼續說。他有一雙小小的圓眼睛，而且當他在告訴我這個故事的時候，眼睛還閃閃發亮。「他們變得常常瘋言瘋語，說些莫名其妙、語無倫次的話。然後他們會變得連路也走不好，不是經常摔倒，就是老繞著圈子轉。」

「好詭異喔！」我眼睛一直盯著濕地看。這時天色已漸漸暗了下來，從深紅色變成了深紫色。那輪接近滿月的月亮看起來更亮了。

「從此以後，人們就稱那裡爲熱濕地，」他說完了故事，並且把球扔給我。「我想我該回家了。」

「你有沒有看過那個濕地隱士啊？」我問他。

他搖搖頭。「沒有。我只聽人家說過，可是沒看過。」

「我有看過他喔，」我告訴他，「今天下午我跟我姊看到他了。我們找到他

這句英文怎麼說

他家看起來跟我們家幾乎一模一樣。
His house looked almost identical to ours.

住的小茅屋。」

「太酷了！」威爾叫出聲來。「你們有沒有跟他說什麼？」

「才不可能呢！他一直追我們。」我回答。

「眞的？」威爾的表情變得有些不解，「他爲什麼要追你們？」

「我不知道。不過我們眞的是嚇壞了。」我說。

「我得走了，」威爾說。他開始往他家的方向跑去。「喂，也許你和我可以一起去濕地探險喔！」他回過頭來對著我大叫。

「好啊，太棒了！」我回答道。

這時我有點兒開心起來。因爲我交了個新朋友。我想，或許住在這裡並沒有那麼糟吧。

我看著威爾往他家的側邊轉了過去，和我家只隔了兩棟房子。他家看起來跟我們家幾乎一模一樣，當然囉，除了他們家後院沒有鹿欄以外。

我看到他們家後院有盪鞦韆，還有蹺蹺板。我懷疑他是不是有弟弟或妹妹。

當我走在回家的路上時想到愛蜜麗。我想，如果她知道我交了新朋友的話，一定會嫉妒死了。可憐的愛蜜麗，因為那個呆瓜馬丁不在身邊，她真是傷心極了。

我從來就不喜歡馬丁。他老是叫我「小鬼」。

我看著一隻鹿彎下身，四隻腳優雅的蜷起來躺在地上。另外一隻鹿也是如此。牠們準備要睡覺了。

我走進客廳和家人在一起。他們正在看探索頻道一個關於鯊魚的節目。我爸媽愛死探索頻道了，想不到吧？

我看了一會兒，覺得整個人不太對勁。我的頭開始痛了起來，太陽穴跳得很厲害，全身開始發冷。

我告訴媽我不太舒服。她站起身來，走到我的椅子旁邊。

「你的臉看起來紅紅的。」她很關心的看著我，然後把冰涼的手放在我的額頭上停了一會兒。

「葛萊迪，我想你有點發燒。」她說。

這句英文怎麼說

葛萊迪，我想你有點發燒。
Grady, I think you have a little fever.

9.

幾天之後的一個晚上，我第一次聽到了那陣奇怪的、令人害怕的號叫聲。

我發燒到華氏一百零一度（約攝氏三十九度），而且持續高燒了一整天。然後我慢慢退了燒，可是沒多久又燒了起來。

「我一定是得了濕地熱！」那天晚上我這麼告訴爸媽。「不久之後，我就會發瘋了！」

「你早就瘋了，」媽開玩笑說。她遞給我一杯橘子汁。「喝吧。你得一直不停的喝水。」

「就算喝水也治不好濕地熱，」我繃著臉，很堅持的說。但我還是用手把玻璃杯接了過來。「濕地熱根本就無藥可救。」

媽無可奈何的吐了吐舌頭。爸則繼續看他的《科學雜誌》。

那天晚上我做了一個很詭異、很令人不安的夢。我夢見自己穿過一片雪地，回到了佛蒙特。不知道是誰在追我，或許是那個濕地隱士吧。我一直跑一直跑，感覺好冷好冷。在夢裡的我不停的顫抖著。

我轉過頭，想要看是誰在追我，可是卻沒看到半個人。突然之間，我發現自己正在濕地裡，在綠色黏稠的泥煤沼澤裡不停的往下沉，四周還咕嚕咕嚕的冒著泡，發出很噁心的聲音。

我漸漸的陷下去、陷下去……

這時，一陣號叫把我從夢中嚇醒。

我從床上坐了起來，看著窗外的圓月。它像是掛在窗邊似的，襯著深藍色的夜空，顯得特別明亮。

這時，夜風中又響起了一聲長號。

我發現自己全身發抖，而且還不停的冒著冷汗，整件睡衣都黏在背上了。

我雙手緊緊抓著被子，仔細的聽著。

這句英文怎麼說

我的腳凍得像冰一樣。
My feet were cold as ice.

又是一陣號叫。那是一種動物的叫聲。

是從濕地裡傳來的嗎？

號叫聲聽起來很近，就像是在窗外而已。長長的叫聲裡充滿了憤怒。

我掀開被子，把腳伸到地板上。我全身都在發抖，而且站起來的時候還覺得頭昏腦脹的。我想我應該還在發燒。

又是一陣長長的號叫聲。

我拖著顫抖的雙腿慢慢走到走廊上。我想知道爸媽是不是也聽到了。

我走在漆黑的走廊中，不小心撞到一張矮桌。我還是不太習慣這個新房子。

我的腳凍得像冰一樣，可是我的頭卻發著高燒，而且就像著了火似的。我一面揉著剛才撞到桌子的膝蓋，一面讓眼睛適應四周的黑暗。然後繼續沿著走廊往前走。

爸媽的房間在房子後面的廚房邊。我走到廚房中間的時候，停下了腳步。

那是什麼聲音？

那是一種摩擦的聲音。

我嚇得簡直快要喘不過氣來。整個人像是凍住似的，兩隻手僵在身體兩側，完全動彈不得。

我仔細聽著。

又是一陣摩擦聲。

我的心怦怦怦的跳得好大聲，可是我還是聽到了那陣摩擦聲。

嚓——嚓——嚓！

什麼人——或者是什麼東西——正在摩擦著廚房的門。

又是一陣號叫。那聲音是那麼的近，近得讓人膽戰心驚。

嚓——嚓——嚓！

那會是什麼東西？是什麼動物？它就在房子外面嗎？

是什麼濕地動物在發出號叫，並且抓著門？

我發現自己憋了一口長長的氣，於是忍不住「噓」的一聲吐了出來，然後又深呼吸了一口。

我透過噗通噗通強烈的心跳，仔細聽著外面的聲音。

這句英文怎麼說

我往廚房的門走近了一步。
I took a step toward the kitchen door.

這時，冰箱突然發出啓動的響聲，嚇得我幾乎要跳起來。我緊緊抓住廚房的流理台。我的手腳冷得要命，而且還濕濕的。

嚓——嚓——嚓！

我往廚房的門走近了一步。

我只走了一步，便停了下來。

突然我的背脊感到涼颼颼的。

因爲我發現這裡除了我以外，還有別人。

在黑漆漆的廚房裡，有人站在我的旁邊，而且我還聽得到他呼吸的聲音。

10.

我嚇得喘個不停，手指不禁用力抓住流理台，抓得連手都痛了。

「是……是誰在那裡？」我很小聲的問。

廚房的燈突然亮了。

「愛蜜麗！」我既驚訝、又如釋重負的大叫，「愛蜜麗……」

「你有沒有聽見那陣號叫？」她輕聲問我，藍色的眼珠直盯著我看。

「有啊，都把我吵醒了，」我說，「那聲音聽起來好像很生氣。」

「聽起來很像是攻擊的時候所發出的聲音，」愛蜜麗悄悄的說，「你怎麼看起來怪怪的，葛萊迪？」

「什麼？」我一時反應不過來。

這句英文怎麼說

我們兩個忍不住笑了起來。
We both burst out laughing.

「你的臉好紅喔，」她說，「而且，看看你，你全身都在發抖。」

「我想我又發燒了。」我告訴她。

「濕地熱，」她看著我低聲說，「可能就是你告訴我的那種濕地熱。」

我轉身走向廚房的門，「妳有沒有聽到那種『嚓——嚓——嚓』的聲音？」

我問她，「好像有什麼東西在摩擦後門。」

「有啊。」她凝視著那扇門悄聲說道。

我們兩個人認真聆聽著。

但四周只是一片靜默。

「你說，會不會是一隻鹿跑掉了？」愛蜜麗說著便往門的方向走了幾步，雙手還交叉在粉紅色和白色相間的睡袍前面。

「妳覺得鹿有可能會摩擦門嗎？」我問。

這是什麼蠢問題啊！我們兩個忍不住笑了起來。

「也許那隻鹿只是想要喝杯水吧！」愛蜜麗說，然後我們兩個又笑了起來。

但那是種既惶恐、又緊張的笑聲。

我們很快停止了笑，仔細聆聽。

外面又響起了一陣號叫，像是警笛的聲音。

我看見愛蜜麗害怕得把眼睛都瞇了起來。「那是隻狼！」她壓低了聲音叫起來，還用手摀住了嘴巴，「只有狼才可能發出那種聲音，葛萊迪。」

「愛蜜麗，妳少來了——」我並不認同她的說法。

「眞的，我沒說錯，」她堅持道，「那是狼嚎。」

「小愛，別這樣啦。」我一邊說，一邊坐在廚房的椅子上。

「佛羅里達的濕地根本就沒有狼，妳看看旅遊手冊就知道了。或者妳也可以問問爸或媽。狼才不會住在濕地裡咧。」

她正打算要反駁的時候，門上響起了「嚓——嚓——嚓」的聲音，讓她頓時閉嘴。

嚓——嚓——嚓！

我們仔細聽著，兩個人都嚇得快喘不過氣來。

「那是什麼？」我悄悄的問她，然後看著她的表情，很快又加了一句：「別

這句英文怎麼說

我不知道我突然從哪冒出來的勇氣。
I don't know where my sudden courage came from.

再告訴我那是隻狼。」

「我……我不知道。」愛蜜麗用雙手摀住了臉。我看得出來她是眞的嚇壞了。

「我們快去找爸媽來。」

我握住了門把說：「我們來看看到底是什麼。」

我不知道我突然從哪冒出來的勇氣，也許是因爲濕地熱的關係吧。只是突然之間，我眞的很想解開這個謎。

到底是誰，或是什麼東西在抓著門呢？

「不要，葛萊迪……等一下！」愛蜜麗懇求著說。

我揮揮手，沒理她。

我轉動了門把，拉開廚房的門。

11.

我一打開門，一股又乾又熱的空氣突然從門外竄進來。接著我們聽到了一陣蟬鳴。

我握著門把，仔細觀察著黑暗中的後院有什麼動靜。

可是我什麼也沒看見。

一輪很像檸檬的黃色月亮高高掛在夜空，上面還飄著幾朵黑色的雲。

突然之間，蟬不叫了。四周寂靜無聲。

太寂靜了點。

我瞇著眼睛，朝著遠處黑漆漆的濕地望去。

一點動靜也沒有，四周還是靜悄悄的。

這句英文怎麼說

一點動靜也沒有。
Nothing moved.

我的眼睛慢慢適應了周遭的黑暗。白花花的月光照在草皮上。我可以看到遠處濕地的邊緣，那些傾斜樹木的黑色輪廓。

到底是誰、或是什麼東西抓著門？它們正躲在黑暗的一隅嗎？

會不會正在看著我呢？

它們是不是等我一關上門，又會發出恐怖的號叫？

「葛萊迪……關上門！」身後傳來姊姊的聲音。她的聲音裡充滿了恐懼。

「葛萊迪……你有沒有看見什麼？有沒有啊？」

「沒有。只看到月亮而已。」我說。

我冒著危險走到屋後的台階上。空氣又熱又濕，就像洗完熱水澡以後浴室裡的空氣。

「葛萊迪，快回來，把門關上。」愛蜜麗尖銳的嗓音聽起來像在發抖。

我朝鹿欄望過去，可以看見牠們漆黑的影子，動也不動，安安靜靜的。一陣熱風吹過了草地，那些蟬又叫了起來。

「外面有人嗎？」我大喊。不過我很快就覺得自己這樣子很蠢。

外面沒有半個人。

「葛萊迪──你現在就把門關上！」

我發現愛蜜麗的手拉著我睡衣的袖子，把我拉回廚房。我關上門，把門鎖好。

夜風讓我的臉覺得又濕又熱。我開始感到全身發冷，膝蓋還不停的打顫。

「你看起來好像生病了，」愛蜜麗說，同時朝我身後的門看了一下。「你有沒有看到什麼？」

「沒有，什麼也沒看見。即使是滿月，後院裡看起來還是一片漆黑。」

「到底是怎麼回事啊？」一個嚴厲的聲音打斷了我們。

爸一邊翻著他常穿的那件長睡衣的領子，一邊走進廚房。「都已經過了午夜了耶。」他看看愛蜜麗，再看看我，像是想弄明白我們在做什麼。

「我們聽到一些奇怪的聲音，」愛蜜麗說，「屋外有號叫聲。」

「而且還有什麼東西一直抓著門。」我補充說，同時努力想要讓自己的腿不要再抖了。

「你是發燒在做夢吧？」爸對我說，「看看你，整張臉紅得像個番茄，而且

這句英文怎麼說

來量量你的體溫。
Let's take your temperature.

還在發抖。來量量你的體溫，你一定是又發燒了。」爸走向浴室去拿溫度計。

「那才不是夢呢，」愛蜜麗在爸的身後大叫，「我也聽到了。」

爸在門口停下了腳步，「你們去看過那些鹿了嗎？」

「有啊，牠們都很好。」我說。

「或許只是風的關係，或者是濕地裡的什麼動物。在新房子裡總是很難入睡。所有的聲音聽起來都很新鮮，很不熟悉。不過你們很快就會習慣了。」

我永遠都不會習慣這種恐怖的叫聲！我固執的想著。可是我還是乖乖的回房間去了。

爸量了我的體溫，比正常體溫高了一點。

「你明天應該就會好一點了，」爸替我蓋好毯子，「今天晚上別再出去亂晃了，好不好？」

我喃喃回答了爸，很快就睡著了。可是我睡得並不好。

我又做了一些很奇怪又駭人的夢。我夢見自己走在濕地裡，聽見了號叫聲。我還透過濕地裡那些細細長長的樹幹，看到圓圓的月亮。

我開始奔跑。突然之間，我整個人陷在一個綠色濃稠的沼澤裡，水深及腰。當我陷在那個黑漆漆的沼澤裡的時候，還不斷聽到那陣號叫，一聲接著一聲在樹林裡迴盪著。

第二天早上醒來的時候，那些夢還一直盤旋在我的腦海裡。我開始懷疑號叫聲究竟是不是真的？或者只是我夢境的一部分？

我從床上爬起來，覺得自己比較好一點了。早晨金黃色的陽光穿過窗戶灑進來，我可以看到蔚藍的天空。美麗的早晨讓我忘了昨晚的惡夢。

不知道今天早上威爾會不會在家？也許我和他可以去濕地探險。

我很快穿上衣服，套上淺藍色的牛仔褲、一件黑色和銀色相間的突擊者隊的T恤（我並不是突擊者隊的球迷，我只是喜歡這個顏色罷了）。

我狼吞虎嚥的吃完一碗糖霜玉米片，讓我媽摸摸我的額頭，好確定我的燒已經退了，便匆匆忙忙走出後門。

「喂，等一下！」媽放下手上的咖啡杯叫住我，「你一大早要去哪裡？」

「我想去看看威爾是不是在家，也許我們可以去哪裡晃晃。」我說。

這句英文怎麼說

美麗的早晨讓我忘了昨晚的惡夢。
The beautiful morning made me forget my nightmares.

「好吧，可是不要玩得太兇喔。」她警告我，「答應我。」

「好啦，我答應妳就是了。」

我拉開廚房的門，走進外面刺眼的陽光底下。

突然之間，一個又大又黑的怪物跳到我的胸前，而且把我撞倒在地上。

我嚇得驚聲尖叫。

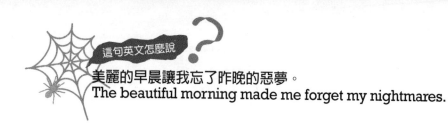

12.

「牠……牠抓到我了！」當牠把我撲倒在地，又跳到我的胸前時，我忍不住大聲尖叫。

「救命啊！牠……牠在舔我的臉！」

我簡直是嚇壞了。過了好一段時間，我才發現，原來是一隻狗在攻擊我。

爸和媽跑出來救我，並且把那隻大怪物從我胸前拉開。我忍不住笑了起來：

「嘿，那樣很癢耶！別再舔了啦！」

我用手抹掉臉上的狗口水，從地上爬起來。

「你是從哪裡冒出來的啊？」媽問那隻狗。她和爸一直抓著那隻巨大的野獸。

然後，他們放開了牠，只見那隻狗興奮的直搖尾巴，一面喘著氣，一面伸出

這句英文怎麼說

我想謎團都解開了。
I think this clears up the mystery.

牠紅色的大舌頭。牠的舌頭大到幾乎都要碰到地上了。

「牠眞的好大喔！」爸說，「牠一定有牧羊犬的血統。」

我還在想辦法擦掉臉上那些黏黏的口水。

「你剛才可把我嚇死了，」我說，「是不是啊？狗狗？」我蹲下來，用手摸摸牠頭上深灰色的毛。牠的長尾巴搖得更快了。

「牠很喜歡你耶。」媽說。

「可是牠差點害死我了！」我說，「看看牠，牠的體重肯定超過一百磅！」

「昨天晚上，是不是你一直在抓門啊？」愛蜜麗出現在門口，身上還穿著她晚上睡覺時穿的那件長T恤。「我想謎團都解開了。」她一面打著呵欠，一面用兩隻手把金髮撥到肩膀後面。

「我想是吧，」我喃喃說。我跪在那隻大狗旁邊，搔搔牠的背。牠把頭轉過來，又開始舔我的臉頰。「好噁心哦！別再舔了啦！」我對牠說。

「不知道是誰家的狗？」媽看著牠若有所思的說。「葛萊迪，檢查看看牠的脖子，或許上面會掛著牠的身分牌。」

我捏住牠粗壯的脖子，沿著脖子上的毛找了一圈。

「什麼也沒有。」我告訴媽。

「也許牠是走失了，」愛蜜麗站在廚房裡說，「所以牠昨天晚上才會一直抓著門。」

「對，」我很快的回答，「所以牠需要一個住的地方。」

「喂，等一下，」媽搖搖頭，「我不認爲我們現在需要一隻狗，葛萊迪。我們才剛搬過來，而且……」

「我需要一隻寵物！」我很堅持。「我在這裡好寂寞。如果有隻狗陪我的話就太棒了，媽。牠可以跟我作伴。」

「可是你有鹿當寵物啊。」爸皺皺眉頭，然後走到鹿欄那邊。那六隻鹿很警覺的站在那兒，小心翼翼的看著這隻大狗。

「我又不能『溜鹿』！更何況，你們就快要把那些鹿給放掉了，對不對？」我說。

「這隻狗可能是別人的，」媽說，「你不能隨便就養一隻流浪狗。更何況，

這句英文怎麼說

這隻狗可能是別人的。
The dog probably belongs to someone.

牠長得又這麼大，葛萊迪，牠實在是大到……」

「就讓他留下這隻狗嘛！」愛蜜麗從屋子裡面說。

我非常驚訝的看著她。我已經記不得上一次愛蜜麗和我在家庭紛爭中站在同一陣線上，是什麼時候的事了。

我們繼續爲了這件事爭論了幾分鐘。大家都同意這隻狗除了長得很大以外，個性很和善也很溫馴，而且牠眞的很討人喜歡。

我完全沒有辦法阻止牠一直舔我。

我一抬頭，看到威爾正從他家走出來，穿過後院的草地朝我們走過來。他穿著一件藍色背心和藍色萊卡質料的腳踏車褲。

「嘿！看我們找到了什麼！」我對著他喊著。

我向爸媽介紹了威爾。愛蜜麗躲回她房間換衣服了。

「你有沒有看過這隻狗？」爸問威爾，「牠是不是這附近誰家養的狗？」

威爾搖搖頭。「沒有，我從來沒看過牠。」他小心翼翼的摸摸牠的頭。

「你是從哪兒來的啊？狗狗？」我看著牠的眼睛問道。牠的眼珠子是藍色的，就像天一樣藍。

「牠看起來比較像狼，而不像狗。」威爾說。

「對耶，眞的是。」我同意。「昨天晚上是不是你像狼一樣一直叫啊？」我問那隻狗。牠又想要舔我的鼻子，可是我及時把臉縮回來。

我看著威爾問道：「你昨天晚上有沒有聽到一陣號叫聲？聽起來眞的很詭異耶。」

「沒有，我什麼也沒聽到，」威爾說，「我睡覺都睡得很沉。我爸每天早上都得用麥克風在我房裡大喊，我才會醒過來。眞的不蓋你！」

我們兩個都笑了起來。

「牠看起來眞的很像狼。」媽盯著牠的藍眼睛說。

「狼應該會更瘦，」爸說，「而且狼的鼻子要更窄一點。我猜，牠可能有狼的血統。可是在這個地區，好像不太可能有狼。」

「我們就叫牠大狼狗好了，」我很興奮的建議，「這個名字對牠來說，眞是太貼切了。」我從地上爬起來，「嗨，大狼狗，」我對著牠叫道：「大狼狗，嗨，

這句英文怎麼說

牠看起來比較像狼，而不像狗。
He looks more like a wolf than a dog.

大狼狗。」

聽到我這麼叫牠，牠的耳朵都豎起來了。

「你看，牠很喜歡牠的名字呢！」我說：「大狼狗！大狼狗！」

牠對著我很開心的叫了一聲。

「我可不可以把牠留下來？」我問。

爸和媽互相交換了一個眼神，「再看看吧。」媽說。

那天下午，我和威爾到濕地探險。雖然昨晚那個濕地惡夢一直在我的腦海裡縈繞不去，但是我盡我最大的努力想把它忘掉。

那天非常的熱，太陽自萬里無雲的天空直灑在地面上。當我們穿過後院時，我希望在濕地的樹蔭底下會涼快一點。

我回頭看看大狼狗。牠側著身子，躺在大太陽下好夢正酣。四條腳還直直的伸在身體前面。

我們在午餐之前，餵牠吃了一些前晚吃剩的烤牛肉碎片。牠狼吞虎嚥的吃完了。然後，牠又唏哩呼嚕的喝掉一大碗水，便跑到後面台階前的草地上，睡牠的大頭覺了。

威爾和我沿著一條泥巴路走進矮樹林。四、五隻黑色和橘色的帝王蝶，正在一叢高大的野花上面飛舞。

「哇！」當我的腳陷進一個泥巴坑的時候，忍不住放聲大叫。當我把運動鞋拔出來時，鞋子上沾滿了泥巴。

「你有沒有看過那個沼澤？」威爾問我，「聽說那裡很酷喔！」

「有啊。我們去那裡吧。」我很興奮的說：「我們可以往裡面丟些樹枝或什麼的，再看著它們往下沉。」

「你想，有沒有人曾經陷到那個沼澤裡面啊？」威爾若有所思的問我。他用手揮走前額一隻蚊子，然後搔搔深棕色的短髮。

「或許有吧。」我跟他從一條小路轉進高大的蘆葦叢裡。「你眞的認爲那個沼澤會讓人沉下去，就像流沙一樣嗎？」

「可是我爸說根本就沒有流沙。」威爾說。

這句英文怎麼說？

我們走過像地毯一般的棕色枯葉。
We were walking over a carpet of dead brown leaves.

「我敢說一定有，」我這麼告訴他，「我敢說，一定有人不小心陷在那個沼澤裡面，沉了下去。如果我們帶了釣魚線的話，就可以把釣魚線放下去，然後釣到他們的骨頭。」

「好噁心喔！」他說。

我們走過像地毯一般的棕色枯葉，往沼澤的方向前進。當我們走過那些纏結的棕櫚樹時，運動鞋還不斷發出窸窸窣窣的聲音。

突然之間，威爾停了下來。

「噓——」他把手指放在嘴巴上，示意我不要出聲。

我也聽到了。

在我們的身後，有嘁嘁喳喳的聲音。

是腳步聲。

我們兩個嚇得站在原地，用力的傾聽著。只聽到那陣腳步聲越來越近。

威爾嚇得瞇起眼睛。

「有人在跟蹤我們，」他喃喃說，「一定是那個濕地隱士！」

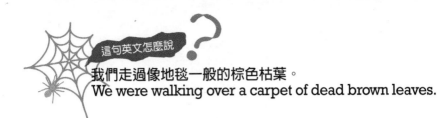

13.

「快！快躲起來！」我大喊。

威爾很快躲進一叢高大濃密的雜草叢裡。我也想跟過去，可是那裡根本就躲不下兩個人。

我匍匐在地上，焦急的想找個地方躲起來。

枯葉發出的嘁喳聲越來越大了。腳步聲很快的越靠越近。

我狼狽的朝著一堆荊棘爬過去。可是那裡根本就藏不住我。

在我前面的那些羊齒葉也太矮了。

腳步聲離我越來越近了。

越來越近。

這句英文怎麼說

我狼狽的朝著一堆荊棘爬過去。
I scrambled toward a nest of brambles.

「快躲起來啊！」威爾催促著我。

可是我整個人都曝露在外面，無處可逃。我肯定會被逮到的。

當我掙扎著想要爬起來的時候，看到了那個正在追我們的人。

「大狼狗！」我高喊。

那隻大狗一看到我，便非常興奮的直搖尾巴。牠開心的吠了一聲，並往我身上撲了過來。

「不要啊！」我大叫。

牠的前腳非常用力的往我胸前一搭，害我整個人往野草叢一跌，直接撞在威爾身上。

「喂！」他大嚷著，從地上爬了起來。

大狼狗很開心的一直吠一直吠，還不停的舔我的臉，舔得我都快要窒息了。

「大狼狗——下去！下去！」我喊著。我站起來，拍掉T恤上面的枯葉。「大狼狗，你不可以再這個樣子了！」我告訴牠：「因爲你已經不是一隻小狗了，你知道嗎？」

「牠是怎麼找到我們的？」威爾一面用手拿掉黏在藍短褲上帶著刺的野草，一面問我。

「我想是因爲牠的鼻子很靈敏吧！」我看著那隻興高采烈、不停喘著氣的大狗說。「或許牠有一部分獵犬的血統。」

「我們去泥煤沼澤吧！」威爾有點兒焦急的說。他走在前面帶路，可是大狼狗卻跑到他的前面，還差點把他撞倒。只見牠健壯的腿邁開大步，直往沼澤的方向奔去。

「你看大狼狗的樣子，好像知道我們要去哪裡耶。」我很驚訝的告訴威爾。

「或許牠以前來過這裡吧，」威爾說，「或許牠是一隻濕地狗。」

「或許吧。」我低頭看著大狼狗想了一下。你到底是從哪來的啊？狗狗？我覺得牠對這片濕地眞是瞭若指掌。

一會兒之後，我們來到泥煤沼澤的旁邊。我用手背擦去額頭上的汗水，並朝這個橢圓形池塘的另一端望去。

沼澤綠色的水面在太陽的照射下閃閃發亮。幾千隻白色的小蟲在池塘上飛舞

這句英文怎麼說

或許他以前來過這裡。
Maybe he's been here before.

著，在陽光的反射下，就像是小鑽石一樣的熠熠發光。

威爾撿起一根小樹枝，把它折成兩段，接著把其中一段往天空高高拋去。

小樹枝碰到沼澤的水面，只是輕輕的發出「咚」的一聲，沒有激起太大的水花。而後它便一直停留在水面上，並沒有沉下去。

「好奇怪喔！」我說，「我們丟重一點的東西試試看。」

就在我正在尋找有什麼東西可以丟的時候，突然一陣低沉的咆哮聲引起了我的注意。我往傳出咆哮聲的方向看去，令人吃驚的是，那竟然是大狼狗發出來的聲音。

大狼狗把牠的大頭垂得低低的，全身緊繃，像是準備要攻擊的模樣。牠齜牙咧嘴的露出兩排尖銳的牙齒，發出一陣又一陣的低吼。

「我想牠一定是感覺到有什麼危險了。」威爾輕聲說。

14.

大狼狗發出威脅似的吼叫，還露出了尖牙。牠背上的毛都豎起來了，緊繃的四條腿則像是隨時準備要攻擊的樣子。

一陣踏在樹枝上所發出的劈啪聲響，引起了我的注意。我看到一個灰色的影子自沼澤另一邊茂密草叢的後面飛也似的跑過去。

「是……是誰在那裡？」威爾低聲問。

我直盯著前方，說不出話來。

「難道是那個……」威爾猜測了起來。

「對！」我好不容易才說出話來。「就是他，那個濕地隱士。」我很快蹲下來，希望別被他發現。

這句英文怎麼說

我直盯著前方，說不出話來。

I stared straight ahead, unable to speak.

可是，他會不會早就看到我們了？

他是否一直都在沼澤的那一邊？

威爾跟我心有靈犀一點通。「那個怪人是不是一直盯著我們啊？」他擠在我旁邊問道。

大狼狗發出一聲低吼。牠還是僵在原地不動，隨時準備攻擊。

我彎著腰，慢慢爬向那隻狗，希望牠能夠保護我。

我看著那個怪人往草叢裡走去。他散亂的灰白色長髮幾乎遮住了整張臉，而且一面走，一面不停的回頭看，像是要確定自己沒有被人跟蹤。

此外，他的肩上還扛著一只棕色的袋子。

他突然往我們這裡看了一下。我躲在大狼狗後面，趴得更低了，心臟因緊張而噗通噗通的跳著。

大狼狗動也不動，而且非常的安靜。牠的耳朵往後張開，嘴巴還微微張著，像是在發出無聲的吼叫。

濕地隱士髒兮兮的上衣前面那些深色的斑點是什麼？

難道是血跡？

我嚇得全身汗毛都豎了起來。

大狼狗眼睛眨也不眨，身體一動也不動的直盯著前面。

這時，濕地隱士消失在那片高大的雜草叢裡了。我們雖然看不到他的人，可是還是聽得到他踩在枯枝落葉上所發出來的聲響。

我看著大狼狗，只見牠抖一抖身體，像是要把濕地隱士的身影給抖掉似的。牠的尾巴搖得很慢，整個身體也放鬆了下來。牠低聲嗚咽起來，像是想告訴我，牠剛才有多麼害怕。

「沒事了喔，狗狗。」我輕聲說著，並溫柔的摸摸牠頭上的毛。牠停止了嗚咽，開始舔我的手腕。

「那個傢伙眞的好恐怖喔！」威爾慢慢從地上爬起來說。

「就連大狼狗都被他嚇壞了，」我一面說，一面拍拍大狼狗。「你猜他袋子裡裝的是什麼？」

「也許是個人頭喔！」威爾的黑眼珠裡充滿了恐懼。

這句英文怎麼說

雲朵遮住太陽，天色很快暗下來了。
The sunlight faded quickly as clouds rolled over the sun.

我笑了起來。可是當我發現威爾並不是在開玩笑的時候，馬上便收起了笑容。「大家都說他不會傷害人。」我說。

「可是他的上衣前面沾滿了血跡！」威爾顫抖著說，同時還緊張兮兮的抓著他深色的短髮。

雲朵遮住太陽，天色很快暗下來了。整個沼澤上覆蓋著一條長長的影子。剛才威爾丟下去的那根小樹枝已經不見了，恐怕是沉到那個又濃又稠的池水裡去了。

「我們回家吧。」我建議。

「嗯，好。」威爾很快的同意。

我把正在高大雜草叢裡探險的大狼狗叫回來，然後沿著那條彎彎曲曲的泥巴小路往回走。

輕柔的微風吹著樹木，使得棕櫚葉沙沙作響。高大的羊齒葉在風中搖曳，樹影也變得越來越深、越來越黑。

我可以聽見大狼狗就在我們後面。我可以聽見牠的身體穿過灌木和雜草時發出的聲音。

我們很快就走到了樹林邊緣，也就是通往我家後院那片平坦的草地。就在我們快要離開濕地時，威爾突然停下腳步。

我看到他嚇得張大了嘴巴。

於是我順著他的目光看過去。

當我看到那毛骨悚然的一幕，便忍不住驚聲尖叫起來，同時很快的閉上了眼睛，不敢再看下去。

這句英文怎麼說

我看到他嚇得張大了嘴巴。
I saw his mouth drop open in horror.

15.

當我睜開眼睛時，那堆可怕的羽毛、還有鮮血淋漓的肉塊仍在我的腳邊。

「那……那是什麼啊？」威爾呑呑吐吐的問。

過了好一會兒我才發現，原來我正站在一隻死鳥的旁邊。是一隻很大的蒼鷺。我其實很難從外觀上斷定牠是什麼東西，因爲牠整個身體都被撕爛了。牠白色的長羽毛散落在鬆軟的地上。那隻可憐的鳥連胸部都被扯開了。

「一定是那個濕地隱士！」威爾高聲叫道。

「什麼？」我也叫出聲來。我把目光從那個恐怖的畫面移開，努力想要忘掉。

「這就是爲什麼他的上衣都是血跡的原因了！」威爾說。

「但是他爲什麼要把一隻鳥給撕裂呢？」我虛弱的問道。

「因爲……因爲他是個怪物！」威爾說。

「他只是個獨居在濕地裡的古怪老頭罷了，」我說，「這不是他幹的，而是什麼動物吧，威爾。你看！」我指指地上說。

在鬆軟的地上有些動物的爪印，圍繞在那隻死鳥旁邊。

「看起來像是狗的爪子。」我想了一下之後大聲說。

「狗才不會把鳥的身體給撕爛咧！」威爾輕聲回答。

就在這個時候，大狼狗越過雜草叢往我們這裡跳過來。牠在死鳥前面停下了腳步，開始用鼻子嗅著那隻鳥的屍體。

「走開啦，大狼狗，」我命令道，「快點，走開啦。」我用兩隻手抓住牠的大脖子，拚命把牠往後拉。

「我們回家吧，」威爾說，「趕快離開這隻死鳥，否則我今天晚上一定會做惡夢。我眞的會做惡夢！」

我用雙手拉開大狼狗。我們小心翼翼的繞過那隻死蒼鷺，很快的往濕地邊緣跑去。我們兩個人什麼話也沒說，我想，是因爲我們一直還在想著剛才看到的那

這句英文怎麼說

我用雙手拉開大狼狗。
I pulled Wolf with both hands.

個恐怖畫面吧。

當我們跑到我們家後面那片平坦的草地時，我向威爾說了聲再見，並看著他快步奔回他家。大狼狗跟在他後面跑了一半，很快又掉過頭來跑向我。

漸漸的，太陽從雲層裡露出臉來。我用手遮住眼睛，好擋住太陽的強光。這時，我看到爸在房子後面的鹿欄裡工作。

「嗨，爸——」我越過草坪，往他那兒跑過去。

當我叫他的時候，他抬起頭來看了我一眼。他穿著一條牛仔短褲和一件黃色背心，頭上還戴著一頂奧蘭多魔術隊的球帽。「怎麼啦，葛萊迪？」

「威爾跟我……我們看到一隻死掉的蒼鷺！」我氣喘吁吁的告訴他。

「在哪裡？在濕地裡嗎？」他若無其事的問我。他摘下球帽，用手背擦擦額頭的汗水，又把帽子戴回去。

「爸，那隻鳥……那隻鳥被撕爛了耶！」我高嚷。

爸沒有什麼反應。「野外的生活就是這個樣子。」他一面說，一面捉起一隻鹿的腳，仔細研究起牠的腳蹄。「你知道的，葛萊迪，野外的生活是很殘酷的。」

我們已經討論過『適者生存』之類的問題了。」

「可是爸，這次不一樣！」我堅持著說，「那隻蒼鷺……牠被撕裂成兩半耶！我的意思是說，那就像是有人把牠抓起來，然後……」

「或許只是另外一隻鳥殺的，」爸還是把注意力放在鹿蹄上面，「一隻更大的掠食性鳥類。甚至可能是……」

「我們看到那個濕地隱士了，」我打斷爸的話，「他的上衣沾滿了血跡。後來我們還看到地上有很多爪印，圍繞在那隻死鳥的旁邊。」

「葛萊迪，冷靜點。」爸把鹿蹄放下來。「你到濕地去探險，一定會看到很多看起來很可怕的東西。可是別過度發揮你的想像力了。」

「可是威爾說，那一定是怪物幹的！」我說。

爸皺了皺眉頭，隔著帽子搔搔頭說：「我看你的新朋友想像力也很豐富喔！」他低聲說。

那天晚上，我很高興爸媽竟然讓大狼狗睡在我的房間裡。這隻大狗蜷著身

這句英文怎麼說

我們已經討論過適者生存之類的問題了。
We've talked about survival of fittest and stuff like that.

體，睡在我床邊的地毯上，讓我覺得比較安全一點。

我還是無法忘掉看到死蒼鷺那個駭人的畫面。我一直看電視看到吃晚餐，吃過晚餐後，我和愛蜜麗玩了好久的西洋棋。

可是不管我做什麼，腦海裡還是一直浮現白羽毛散落一地、被扯開的死鳥在路上的景象。

不過大狼狗跟我一起睡在房間裡，讓我心裡覺得好過多了。「你要保護我喔，好不好？狗狗？」我從床上輕聲對牠說。

牠鼻子低低哼了一聲。滿月皎潔的光線透過窗子照在牠的身上。我看到牠把頭趴在兩隻前腳上睡著了。然後我也睡著了。什麼夢也沒有做。

我不知道自己睡了多久。

突然一陣令人驚恐的碰撞聲，讓我從睡夢中驚醒過來。

我從床上坐了起來，嚇得一直喘氣。

我發現，那陣碰撞聲是從客廳裡傳出來的。

有人闖進來了！

16.

難道是小偷嗎？

我爬下床，心臟怦怦跳個不停，然後躡手躡腳的走到門邊。

又是一陣碰撞聲，而且是很大的一聲。

我聽到了腳步聲。

「是誰？……是誰在那裡？」我高聲叫。可是我的聲音其實聽起來很小，像是被人摀住了嘴巴。

我貼著牆，慢慢往客廳走去。「是誰在那裡？」我又大叫一聲。

我在黑暗的走廊上走到一半，遇到了爸、媽和愛蜜麗。即使是在一片漆黑中，我還是可以看到他們臉上既害怕、又迷惑的表情。

這句英文怎麼說

牠為什麼那麼想出去啊？
Why is he so desperate to get out?

我第一個走進客廳。滿月潔白的月光灑遍了整個客廳。「嘿！」我嚷了起來。只見大狼狗朝著客廳前面那片大窗子一直跳。它的肩膀撞在玻璃窗上，還不斷發出巨大的聲響。

「大狼狗……別再跳了！」我對著牠大吼。

在昏暗的光線下，我發現那巨大的撞擊聲是誰弄出來的了。原來是大狼狗為了要站在窗子前，所以把客廳裡的桌子，還有一盞燈給撞倒了。

「牠……牠想出去。」我結結巴巴的說。

爸把手放在我穿著睡衣的肩膀上。「看牠把房子搞得亂七八糟的。」他低聲咕噥。

「大狼狗……別再跳了！」我又大吼了一次。

那隻大狗轉過頭來，還不停的喘著氣。牠的眼睛在窗外月光的映射下，發出紅色的光芒。

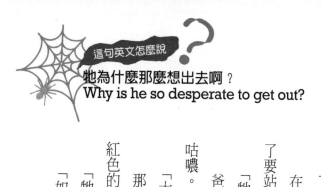

「牠爲什麼那麼想出去啊？」愛蜜麗問。

「如果牠每天晚上都這麼胡鬧的話，我們可不能把牠留在家裡。」媽說。大概是因爲還很想睡的關係，她的聲音有點兒沙啞。

那隻大狗垂下了頭，發出一聲興奮的叫聲，尾巴在後面直直的豎了起來。

「在牠還沒把房子拆了之前，打開門，讓牠出去吧。」媽說。

爸很快的穿過客廳，把門打開。大狼狗毫不猶豫的跑到門口衝了出去。

我跑到窗戶邊看著牠。只見大狼狗往後院的方向飛奔而去，然後便消失在屋子旁邊了。

「牠往濕地那裡跑過去了。」我是這麼猜的。

「牠想要打破窗子跑出去呢！」媽說。

愛蜜麗打開燈，「牠長得那麼壯，是有可能把窗子打破。」她悄悄的說。

爸關上前門，皺了皺眉頭，接著轉過頭來望著我。「你知道這代表什麼意思，是不是？葛萊迪。」

我仍然望著窗外圓圓的月亮。「我不知道。什麼？」

「從現在開始，大狼狗得待在屋外。」爸說著，便蹲下來撿拾那盞燈的碎片。

「可是爸……」我想要反駁他。

這句英文怎麼說

可能牠已經習慣在外面了吧。
He's probably used to being outside.

「牠實在是太大，也太好動了，不適合待在房裡。」爸繼續說。他把燈的碎片遞給愛蜜麗，並把翻倒的桌子扶正，然後把它擺回窗子前原來的位置。

「大狼狗不是故意要打破燈的。」我虛弱的辯解。

「牠會把所有的東西都打破。」媽悄聲說。

「牠實在是太大了，」爸繼續說著，「葛來迪，牠必須待在外面。」

「牠爲什麼那麼想出去啊？」愛蜜麗問。

「可能牠已經習慣在外面了吧，」爸告訴她，「牠在外面可能會更快樂。」爸轉過身對我說。

「嗯，或許吧。」我很沮喪的說。

我喜歡大狼狗睡在我的臥室裡，睡在我的旁邊。可是我知道，我不可能說服爸媽再給大狼狗第二次機會。他們已經做了決定。

不過，他們還是同意讓我留下大狼狗。

我從櫃子裡拿出吸塵器，插上插頭。爸拿起吸管頭，開始吸掉在地毯上的小碎屑。

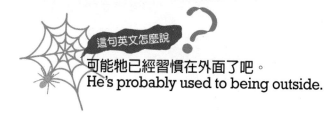

那隻瘋狗！我一面想，一面很難過的搖搖頭。牠到底是有什麼毛病啊？

爸吸完地毯後，我把吸塵器放回櫃子裡。

「現在我們總可以安安靜靜的睡個好覺了吧。」媽打著呵欠說。

可是她錯了。

這句英文怎麼說

它們聽起來不像是動物的叫聲。
They didn't seem like the cried of an animal.

17.

過沒多久，我又聽到那陣駭人的號叫。

一開始我以爲是自己在做夢。

可是當我睜開眼睛，凝視著黑漆漆的臥室，還是持續聽到號叫聲。半夢半醒之間，我緊抓著被子，把它拉到下巴上。

號叫聲聽起來很近，好像就在我窗戶外面。它們聽起來不像是動物的叫聲，因爲太憤怒、也太假了。

而且太像人的聲音了。

我不該再自己嚇自己了，我想。那不過是一隻狼，一隻濕地狼。

可是另一方面我卻想到，那可能是大狼狗發出的駭人叫聲。我試著讓自己別

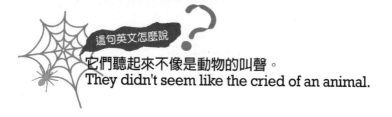

再這麼想。

狗怎麼可能會發出這種聲音？

狗會吠。但除非牠們非常傷心或非常沮喪，否則是不會號叫的。

我閉上眼睛，希望那恐怖的號叫聲能夠消失不見。

突然之間，那聲音真的就不見了。四周一片寂靜。

接著我聽到一陣快速走過地面的聲音。是腳步聲。

好像有什麼東西在打鬥。

這時，我聽到一聲令人膽戰心驚的叫聲，那聲音很短暫，像是才剛發出來就停住了。

我覺得那聲音是從房子後面傳出來的。

現在我已經完全清醒了。我跳下床，身上裹著被子，蹣跚的走向窗戶，趴在窗台上往外看。

一輪圓月高掛在夜空中。整個後院在月光的照耀下變成一片銀白，沾滿露珠的草地也閃爍著光亮。

這句英文怎麼說

一開始我以為那只是一堆破衣服。
At first I thought it was a pile of rags.

我把額頭頂在玻璃窗上，朝外面黑色的濕地望去。當我看到一個黑色的影子往樹林跑過去時，不禁發出無聲的喘息。

那是一隻很大的動物，用四隻腳飛奔著。

雖然我在黑暗中只看得到一個深色的輪廓，但我可以看的出來牠長得很大，而且也看的出來牠跑得很快。

我聽到牠的號叫。而且我認爲，那是一種得意的號叫。

那會是大狼狗嗎？我有點兒懷疑。即使夜色已吞噬了那個深色的影子，我還是動也不動的直盯著窗外。在黑暗中，我只看得到遠方樹林的輪廓。

可是我還是可以聽到號叫聲在沉重的夜風裡高高低低的起伏著。

是大狼狗嗎？

絕對不可能是牠……絕對不可能。

我低頭一看，發現自己緊張得心臟都快要跳到喉嚨了。然後我在後院中央、距離鹿欄幾碼的地方，看到了什麼東西。

一開始我以爲那只是一堆破衣服。

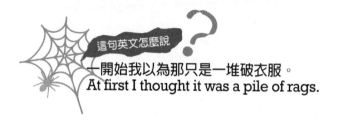

當我打開窗戶的時候，雙手嚇得直發抖。

我得看清楚一點。我得知道後院裡到底有什麼東西。

我穿上睡褲，抓著窗台，往窗戶外一跳，跳到草地上。

我感到赤裸的雙腳底下的草地又濕又冷。我往鹿欄走去，那六隻鹿很緊張的站立著，而且靠著牆緊緊的擠在一塊。當我躡手躡腳的穿過草地時，牠們黑色的眼珠子一直盯著我看。

到底是什麼東西啊？我一面想，一面透過銀色的月光想看清楚。

難道真的是一堆破衣服嗎？

不是。

那究竟是什麼呢？

這句英文怎麼說

我強迫自己別過視線。
I forced myself to look away.

18.

當我緩緩穿過那片沾滿露珠的草地時，我赤裸的雙腳感到又濕又冷。夜晚的空氣既沉重又寧靜，寧靜得一片死寂。

當我走得夠近，近到可以看清楚究竟是什麼東西躺在草地上時，忍不住低聲叫了起來，而且差點沒吐出來。

我用手摀住嘴巴，用力的嚥了一口口水。

這時我才發現，原來我看到的是一隻兔子的屍體。牠黑色的小眼睛仍然睜得大大的，但卻充滿了恐懼。牠的一隻耳朵還被扯掉了。

那隻小兔子被撕爛了，幾乎被撕成兩半。

我強迫自己別過視線，不再看牠。

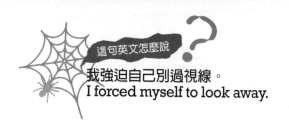

我覺得胃變得好沉好重。

我急忙從濕答答的草地跑到開著的窗戶，爬進房裡。

當我掙扎著把窗子關上時，那號叫聲又很得意的從附近濕地裡響起。

第二天早上吃完早餐後，我帶爸到後院去看那隻被殺死的兔子。那是個明亮的大熱天，紅色的太陽高掛在朗朗晴空下。

我們一走下後院台階，大狼狗便從房子轉角跑了出來。牠的尾巴用力的左右搖晃，並且很興奮的往我這邊跑來，彷彿在迎接我。牠像是好幾年沒見過我似的，一下子便撲到我胸前，差點就把我撲倒在地。

「下去！大狼狗，下去！」當那隻狗伸過頭想舔我臉的時候，我忍不住高聲叫道。

「你的狗是兇手。」我背後傳出的聲音說。

我回頭一看，原來是愛蜜麗跟在我們後面。她在白色網球短褲外面，罩了一件紅色T恤。她雙手交叉在胸前，一副不以爲然的樣子看著大狼狗。「看看牠對

這句英文怎麼說

還有誰會做這種事？
Who else would have done it?

這隻可憐的小兔子做了什麼？」她搖搖頭說。

「喂，等一下，」我拍拍大狼狗灰色的毛，然後說：「誰說是大狼狗幹的？」

「還有誰會做這種事？」愛蜜麗說，「牠是兇手。」

「喔，是嗎？看看牠有多溫柔。」我堅持道，並把我的手腕放進大狼狗的嘴巴裡。牠輕輕咬住我的手腕，小心翼翼的模樣像是很怕咬傷我。

「大狼狗或許會有一點獵捕的本事。」爸若有所思的說。他低下頭仔細看著那隻兔子，然後把目光轉向鹿欄。

那些鹿全都擠在鹿欄的一角，很警覺的看著大狼狗。牠們的頭很小心的低垂著，只要大狼狗一動，牠們的眼睛就跟著轉來轉去。

「我很高興牠們在鹿欄裡很安全。」爸柔聲的說。

「爸，你得把這隻狗給弄走。」愛蜜麗尖聲叫道。

「想都別想！」我大嚷。我氣呼呼的回頭看著我姊。「妳又沒有證據可以證明大狼狗做了什麼壞事！」我高聲叫了起來，「一點證據也沒有！」

「可是你也沒有證據證明牠沒有做啊！」愛蜜麗很討人厭的說。

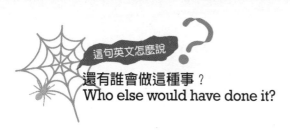

「牠當然沒有做！」我氣得都快控制不住自己的脾氣了。「妳昨天晚上有沒有聽到那陣號叫？妳有沒有聽見那陣嚇死人的聲音？狗才不會發出那種號叫聲，狗才不會那樣叫呢！」

「那是什麼東西的叫聲呢？」愛蜜麗問。

「我也聽到了，」爸站到我們兩個中間。「聽起來比較像是狼的叫聲，或者是郊狼。」

「你看吧！」我對愛蜜麗說。

「但是我眞的是非常驚訝，這個地區竟然會有狼或是郊狼。」爸望著濕地繼續說。

愛蜜麗仍然把手緊緊的交叉在胸前。她低下頭盯著大狼狗，然後打了個寒顫。「牠很危險，爸。你非得把牠給弄走不可。」

爸走過去拍拍大狼狗的頭，抓抓牠的下巴。大狼狗舔舔爸的手。

「在牠旁邊的時候，小心點兒就是了，」爸說，「牠似乎滿溫和的。可是我們對牠幾乎是一無所知，是不是？所以我們得非常小心，好不好？」

這句英文怎麼說

聽起來比較像是狼的叫聲。
They sounded more like wolf howls.

「我會非常小心的，」愛蜜麗一面回答，一面瞇著眼睛看著大狼狗，「我會儘可能遠離這隻怪物，越遠越好。」說完她便掉頭跑回屋子裡去了。

爸走向車庫去拿鏟子和盒子，好把那隻兔子的屍體裝進去。

我蹲下來抱住大狼狗的大脖子。「你才不是什麼怪物呢，對不對，狗狗？」我告訴牠，「愛蜜麗瘋了，對不對？你才不是什麼怪物呢。我昨天晚上看到那個跑到濕地裡的傢伙了，那根本就不是你，對不對？」

大狼狗抬起頭，用牠那雙藍色的眼睛看著我。看起來好認真的樣子。

牠好像想告訴我什麼。

可是我無法得知牠想告訴我的話。

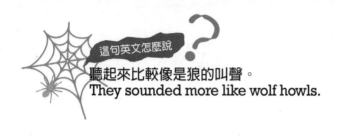

19.

那天晚上，我沒有聽到號叫聲。我在半夜裡醒了過來，然後往窗外看去。大狼狗不見了，可能是去濕地探險了。我知道到了第二天早上，牠一定會跑回來迎接我，就像我們是好久不見的朋友。第二天早上，當我正在餵大狼狗吃早餐——一大碗乾狗糧的時候，威爾跑過來。

「嗨，怎麼樣？」這是威爾一貫打招呼的方式。

「沒什麼特別的。」我一面回答，一面把那一大袋狗食扶正，拖回廚房。大狼狗站在牠的碗前面低頭吃著，咀嚼的時候還發出很吵的聲音。

我推開紗門回到威爾那裡。他穿了一件深藍色緊身上衣和黑色萊卡短褲。深色的頭髮上還戴了一頂黃綠相間的森林服務處的帽子。

這句英文怎麼說

我猜你還沒見過華納家的人吧？
I guess you haven't met the Warners yet?

「想不想去探險？」他一面用沙啞的聲音問我，一面看著大狼狗狼吞虎嚥的吃著早餐。「你知道的，去濕地探險。」

「好啊，沒問題。」我說。我往屋子裡面大喊，告訴爸媽我要去哪兒玩了。然後便跟著威爾穿過後院的草地，往濕地走去。

大狼狗一路跟在我們後面跑。牠跑在我們前面的時候，會停下來讓我們追上牠。牠在早晨的大太陽底下瘋瘋癲癲的、彎來彎去的跑著，牠一下子跑在前面，一下子又跑到後面，蹦蹦跳跳一副很開心的模樣。

「你有沒有聽說過華納先生？」威爾問我。他停下來，撿起一片長長的葉子，把它放在嘴裡。

「誰？」

「愛德．華納。」威爾說，「我猜你還沒見過華納家的人吧？他們住在最後一棟房子。」威爾回過頭，用手指了指我們身後那一排白色房子的最後一棟。

「他怎麼樣？」我問的時候，差點兒被大狼狗絆倒。牠正從我的腳邊爬過。

「他失蹤了，」威爾回答的時候，嘴裡還嚼著那片葉子。「他昨晚沒回家。」

「啊？在哪裡失蹤的？」我一面問，一面回頭看著華納家的房子。一股熱氣從草地上冒出來，讓那棟房子看起來像是在顫抖似的。

「在濕地。」威爾沉沉的回答。「今天早上華納太太告訴我媽說，昨天下午華納先生出去打獵。他很喜歡去獵野火雞，還曾經帶我去過幾次。他眞的很會獵火雞喔。他每次獵到一隻，就會把火雞倒掛在屋裡的牆上。」

「眞的？」我高聲嚷起來。這聽起來實在是太噁心了。

「對啊，就像戰利品一樣，你知道的嘛。」威爾繼續說：「總之，昨天下午他去濕地獵野火雞之後，就沒有回家了。」

「太詭異了，」我說。這時我看到大狼狗停在樹林邊，「也許他迷路了。」

「絕對不可能！」威爾搖搖頭堅持說：「華納先生絕對不會迷路的。他住在這裡好久了，他是第一個搬來這裡的人。華納先生絕對不可能迷路。」

「或許是狼人抓到他了！」一個奇怪的聲音在我們身後大喊。

這句英文怎麼說

他是第一個搬來這裡的人。
He was the first one to move here.

20.

我們兩個都吃了一驚，很快的回頭看，原來是個和我們差不多年紀的女孩子。她赭紅色的頭髮梳成偏一邊的馬尾。她有雙像貓一樣的綠眼睛，又短又扁的鼻子，滿臉都是雀斑。她穿著一件褪色的紅色牛仔褲和T恤，T恤前面還印了一隻咧著大嘴的綠色鱷魚。

「凱西，妳來這裡做什麼？」威爾問她。

「跟蹤你們啊，」她朝威爾做了個鬼臉，然後轉向我說：「你是那個新來的小孩，葛萊迪，對吧？威爾跟我說過你。」

「嗨，」我很尷尬的回答，「威爾是告訴過我有個女孩住在這附近。可是他沒有跟我說過什麼有關妳的事。」

「有什麼好說的？」威爾帶著諷刺的語氣說。

「我是凱西．歐洛克。」她伸出手，一把將葉子從威爾嘴裡抽出來。

「喂！」威爾開玩笑似的想要打她一拳，可是被她躲過了。

「妳剛才說的狼人是怎麼回事啊？」我問她。

「別再說這個了啦，」威爾對著凱西抱怨道：「實在是太蠢了。」

「你只是害怕而已。」凱西指責他。

「不是，我才不怕呢。我只是覺得這實在是太蠢了。」威爾堅持道。

我們走進濕地邊緣的樹蔭底下。一些漏斗狀的白色小蟲在樹林的光線下，瘋狂的飛舞著。

「濕地裡有一個狼人。」當我們低著頭躲過那群小蟲，往樹蔭深處走去的時候，凱西壓低聲音說。

「是喔，那我還可以拍拍翅膀，飛到火星上面哩！」威爾譏諷著說。

「閉嘴，威爾。」凱西打斷他的話，「葛萊迪才不認爲這很蠢呢，對不對？」

我聳聳肩，「我不知道。可是我想，我並不相信有狼人。」

這句英文怎麼說

你晚上有沒有聽到號叫的聲音？
Do you hear the howling sounds at night?

威爾大笑起來：「凱西還相信有復活節兔子呢！」

凱西狠狠的往他胸前捶了一下。

「喂！」威爾整個身體向後晃了一下，很生氣的嚷了起來。「妳有什麼毛病啊？」

「有一隻蚊子，」她指著威爾說：「很大一隻。被我打到了。」

威爾皺著眉，低頭看了一會兒。「我沒有看到什麼蚊子。妳饒了我吧，凱西。」

我們沿著彎曲的小徑往前走。前天剛下過雨，地上比平常還要濕。我們踩在軟軟的泥巴地裡，很怕滑倒。

「妳晚上有沒有聽到號叫的聲音？」我問凱西。

「那就是狼人的叫聲。」她柔聲的回答，綠色的貓眼定定的看著我：「眞的不蓋你，葛萊迪，我是很認眞的。那些號叫不是人類的聲音，而是剛殺死獵物的狼人的聲音。」

威爾竊笑起來。「妳的想像力還眞豐富，凱西。我想妳是看了太多電視上播的恐怖電影吧？」

「真實的生活比電影還恐怖呢。」凱西低聲說道，她的聲音低到像是在說悄悄話。

「哇，別再說了。妳讓我嚇得全身發抖啦！」威爾諷刺的說。

她沒有回威爾的話。當我們往前走的時候，她一直盯著我看，「你相信我說的話，對不對？」

「我不知道。」我說。

這時沼澤已進入眼簾。空氣變得又沉又濕。沼澤對面矗立著高大的雜草叢，沼澤裡則發出輕微的冒泡聲，還有兩隻大蒼蠅在深綠色的水面上飛舞。

「根本就沒有狼人，凱西。」威爾一面咕噥著，一面尋找著有什麼東西可以丟進沼澤裡。然後他朝著凱西咧嘴一笑：「除非妳也是狼人！」

凱西轉轉眼珠子說：「一點都不好笑。」她露出牙齒，做了一個咬人的動作，假裝要咬威爾一口。

我聽到橢圓形的沼澤對面傳來一陣沙沙聲。高大的雜草突然被分開，大狼狗從沼澤邊出現了。
「狼人長得是什麼樣子啊？」威爾語帶譏諷的問道，「牠也有紅頭髮和雀斑嗎？」
凱西沒有回答。
這時我回頭看到她嚇得僵住的臉孔。只見她綠色的眼睛張得大大的，臉上的雀斑似乎都消失了。
「那……那就是狼人！」她用哽咽的聲音結結巴巴的說，並用手指著前方。
我感到毛骨悚然，並朝她指的方向望過去。
令我害怕的是，她的手正指著大狼狗！

這句英文怎麼說

真實的生活比電影還恐怖。
Real life is scarier than the movies.

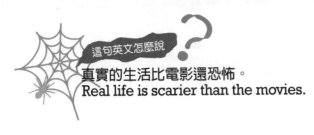

21.

「不！」我大聲抗議。

可是我很快便發現是我誤會了。凱西並不是指著大狼狗，她的手是指著在大狼狗後面、一個正跑過高大雜草叢的影子。

一定是那個濕地狼人。

我看著他很快跑進雜草叢。他彎著身子，每走一步路，髒兮兮的腦袋就跟著晃一下。

當他走進雜草叢的縫隙時，我終於知道他爲什麼要彎著身體了。因爲他的肩上背著一個袋子。

這時大狼狗開始大吼。

這句英文怎麼說

他肩膀上背的並不是袋子。
It wasn't a bag slung over his shoulder.

那個隱士停下了腳步。

我發現，他肩膀上背的並不是袋子，而是一隻火雞，一隻野火雞。

我不禁打了個寒顫，難道他是從華納先生那裡拿來的嗎？

難道凱西說的就是這個濕地隱士？他是狼人嗎？難道他對華納先生做了什麼可怕的事，而且還把那隻野火雞當作戰利品給搶走了嗎？

我試著想要忘掉這些可怕的念頭。這真是太瘋狂了，絕對不可能的。

可是凱西看起來很害怕的樣子，她一直瞪著站在冒著泡的綠色沼澤對面、那個有著一雙狂野眼睛的隱士。晚上的號叫聲實在是太駭人、太像人類的叫聲了。

而且我看過的那些動物屍體，都被殘忍的撕裂開來，它們就像……就像是被狼人殺害的！

大狼狗又發出一聲像是警訊似的吼聲。牠看著隱士，尾巴高高的直立在後面，背上的毛也豎了起來。

那個隱士很快跑開了。就在他消失在雜草叢後面的時候，我看到他深色的眼珠子閃閃發亮。

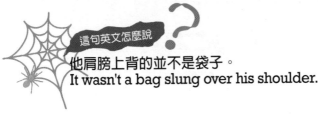

「就是他！」凱西高聲大叫，並用手指著他說：「他就是狼人！」

「凱西……妳給我閉嘴！」威爾警告她說：「他聽得到妳說的話！」

我費力的嚥了一口口水，嚇得僵在原地動彈不得。我看見沼澤對面的雜草搖晃著，還可以聽見沙沙的聲響越來越近。

「快跑！」威爾大叫，他沙啞的聲音聽起來既尖銳又害怕，「快點啊……快跑！」

可是太遲了。

濕地隱士突然從我們身後的雜草堆裡冒出來，尖叫道：「我就是狼人！」他狂野的眼神裡充滿了興奮的光芒。他整張臉紅通通的，還散亂的佈滿了糾成一團的長髮。「我就是狼人！」

他聽到凱西說的話了！

他放聲大笑並高舉雙手。然後他抓起那隻火雞，在頭上瘋狂的繞著圓圈揮舞著。「我就是狼人！」他高喊。

凱西、威爾和我同時大叫出聲。

這句英文怎麼說

我是狼人！
I'm the werewolf!

我們立刻拔腿就跑。這時我用眼角的餘光看到大狼狗。牠站在沼澤對面動也不動。可是現在，當我準備要跑的時候，牠卻往我們這裡衝過來興奮的叫著。

「我是狼人！」那個隱士又尖叫起來。他一邊尖叫又一邊大笑，而且當他追著我們的時候，還不停的揮舞著那隻火雞。

「離我們遠一點！」凱西大嚷。她與威爾並肩跑著，就在我前面幾步的地方。「你聽到沒有？離我們遠一點！」

凱西的話，讓濕地隱士又高聲叫起來。

我的鞋子踩在泥濘的地上，一直險些滑倒。

我回頭一看，那個隱士正在我的後面，快要抓到我了。

我喘著大氣，拚命想跑快一點兒。當我往前跑的時候，銳利的藤蔓和厚重的樹葉不停的打在我臉上。

眼前的一切都變得很模糊。光線和影子、樹木和藤蔓、高大的雜草和銳利的荊棘，全部都變得模糊一片。

「我是狼人！我是狼人！」發瘋的隱士那高分貝的刺耳笑聲，迴盪在整個濕地裡。

繼續跑，葛萊迪！我催促著自己。繼續跑！

然後，我嚇得大叫一聲，滑了一跤。

我的整張臉都埋進泥巴裡，雙手和膝蓋重重的摔在地上。

這時我意識到，他逮到我了。

那個狼人逮到我了。

這句英文怎麼說

我狂亂的想從泥巴地爬起來。
I tried frantically to scramble up from the mud.

22.

我狂亂的想從泥巴地爬起來，沒想到又滑了一跤，「啪」的一聲跌在地上。

這下子他可逮到我了，我想。

現在那個狼人已經抓到我了。我已經無路可逃了。

我嚇得全身僵硬，掙扎著想要爬開。

我回過頭，以為那個隱士會抓住我。

可是他卻在幾碼遠的地方停了下來。當他看著我的時候，火雞還被拖在地上，而他飽經風霜的臉上還露出一抹古怪的笑意。

大狼狗跑到哪兒去了？我覺得很奇怪。

剛才大狼狗還很生氣的對著濕地隱士大吼。牠為什麼不攻擊他呢？

「救命啊！威爾！凱西！」我絕望的高聲大叫。

四周只是一片寂靜。

他們已經跑遠了。現在他們可能已經跑離濕地回家去了。

現在只有我一個人了。一個人獨自面對著濕地隱士。

我跌跌撞撞的站起來，眼睛直盯著他的眼睛。他爲什麼要那樣子對我笑？

「快走吧，快點。」他喃喃自語，然後做了個手勢，「我只是跟你開開玩笑罷了。」

「什麼？」我的聲音聽起來又細小又害怕。

「快走，我不會咬你的。」他說。這時他的微笑消失了，黑色眼睛裡的光芒似乎也變得黯淡起來。

這時大狼狗突然出現在他身後。牠看看那個隱士，再垂下眼睛看著那隻死火雞，然後發出一聲尖銳的叫聲。不過我看得出來大狼狗已經放鬆下來了。牠並不想攻擊那個隱士。

「是你的狗？」隱士問我，同時還仔細觀察著大狼狗。

這句英文怎麼說

我直視著那叢高高的雜草。
I stared straight ahead at the tall weeds.

「嗯，」我回答的時候，還是緊張的直喘氣，「是……是我發現牠的。」

「對牠最好小心一點。」隱士很嚴厲的說。他一轉身，把火雞扛到肩膀上，便往雜草叢裡走去。

「對牠小心點？」我咕噥道，「你這是什麼意思？」

可是隱士並沒有回答我。我可以聽到當他消失在濕地時撥開雜草的聲音。

「你這是什麼意思？」我在他身後高聲叫道。

可是他已經走遠了。現在濕地裡除了一些蟲子的叫聲，還有棕櫚葉互相摩擦的聲響之外，四周一片沉寂。

我直視著那叢高高的雜草，以為隱士會突然跑回來出現在我面前，然後再次攻擊我。

可是除了兩隻白色的蛾從草叢上飛過之外，沒有任何動靜。

他說，他只是開開玩笑罷了。

只是這樣子而已，只是開玩笑罷了。

我用力吞了一口口水，想要讓自己的呼吸恢復正常。

一會兒之後，我低下頭來看著大狼狗。牠正在嗅著剛才隱士站過的地方。

「大狼狗，剛才你爲什麼沒有保護我？」我責備牠。

牠抬起頭來看看我，又繼續嗅著地上。

「喂，狗狗——你是不是膽小鬼啊？」我一邊問，一邊用手拍掉牛仔褲膝蓋上的泥巴。「這就是你的問題囉，聲音聽起來好像很凶狠，其實骨子裡只是個超級大懦夫？」

大狼狗根本就不理我。

我轉身往回家的方向走去，心裡不停想著隱士的警告。當我沿著狹窄的小徑走回家的時候，可以聽到大狼狗越過茂密高大的草叢，緊緊跟在我的身後。

「對牠最好小心一點。」隱士是這麼說的。

難道他也是在開玩笑嗎？或者他只是想嚇嚇我而已？

那個奇怪的人看得出威爾、凱西和我很怕他，所以決定要逗逗我們。

就是這麼回事吧。我決定這麼想。

他聽到凱西叫他狼人，所以決定好好嚇唬我們一番。

這句英文怎麼說

疼痛的感覺傳遍了我的腿。
The pain jolted up my leg.

當我走在傾斜的棕櫚樹蔭下的泥濘土地時，腦子裡不停的想著凱西、威爾、大狼狗，還有狼人。

因爲我腦海裡一直想著別的事，根本就沒注意到那條蛇。直到我踩到牠。

我低頭一看，只見到牠鮮綠色的頭很快向前一伸。

當牠的尖牙往我腳踝一咬時，我感到一陣尖銳的刺痛。

疼痛的感覺傳遍了我的腿。

我痛得喘不過氣來，整個人重重的摔在地上。

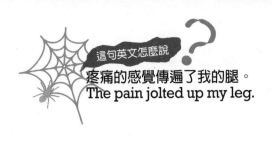

23.

當疼痛的感覺傳遍全身的時候，我痛得摔倒在地上，整個人蜷縮成一團。

我的眼睛只能看到一大堆的紅點，而且紅點變得越來越大，直到眼前變成一片紅色。那片紅色還隨著疼痛的感覺，很有節奏的閃爍著。

透過罩在眼前的紅色，我看到那條蛇爬到灌木叢裡去了。

我按住腳踝，試著想要減輕疼痛感。

那片紅色漸漸淡去，然後消失了。只剩下疼痛的感覺。

突然間，我覺得手濕濕的。

是血嗎？

我低下頭，看到大狼狗正在舔著我的手。牠非常專心的一直舔一直舔，像是

這句英文怎麼說

我知道我得快點回到家。
I knew I had to get home quickly.

想要救治我，想要讓一切恢復平靜無事。

我忍住疼痛笑了起來：「好啦，狗狗，我沒事了。」我對牠說。

可是牠還是一直舔我的手，直到我掙扎著想要站起來。我覺得頭有點昏昏的，兩條腿還不停的發抖。

我試著把全身重量放在那隻被咬傷的腿上。

這時我感覺好一點兒了。

我瘸著腿走了一步。然後又走了一步。

「我們走吧，大狼狗。」我說。牠像是很同情的看著我。

我知道我得快點回到家。如果那條蛇有毒的話，我的麻煩就大了。我不知道毒液還有多久就會麻痺我的全身——或者會發生更糟的狀況。

當我一拐一拐的踩在泥巴路上走回家的時候，大狼狗一直跟在我旁邊。我不停的喘著氣，胸口覺得悶悶的。地面好像一直在我的腳下晃動。

難道是因爲蛇毒的關係嗎？或者只是因爲我太害怕了？

我每走一步，身體半邊就感到一陣劇痛。

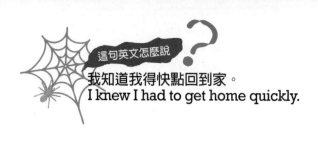

我拖著身軀，一路上不停的和大狼狗說話，好不去想腳踝的疼痛。

「我們就快要到了，大狼狗，」我氣喘吁吁的說，「就快要到了，狗狗。」

大狼狗似乎感覺得到有什麼不對勁。牠一直跟在旁邊，不像平常跟著我的時候瘋瘋癲癲的跑前跑後。

樹林的邊緣赫然進入眼簾。我可以看到明亮的陽光照在濕地上。

「嘿……」有個聲音正叫著我。我看到威爾和凱西在草地上等著我。然後他們向我跑過來。

「你還好吧？」凱西問我。

「不好。我……我被咬了！」我哽咽著說：「拜託，去找我爸來！」

他們兩個一起往我家飛奔而去。我跌坐在草地上，伸直了雙腿，等他們回來。

我試著保持冷靜，但那是不可能的。

那條蛇有毒嗎？蛇毒是不是已經流到我的心臟了？我是不是隨時都會死掉？

我小心翼翼的把沾滿污泥的運動鞋脫掉，再把白襪子從腳踝上一點一點的褪下來。

這句英文怎麼說

那條蛇有毒嗎？
Was the snake poisonous?

我的腳踝有點兒腫起來，而且皮膚發紅，只有傷口周圍是白白的。傷口那兒有兩個小洞，鮮血分別從兩個洞裡直冒出來。

我看看傷口，抬起頭來看到了爸，他穿著棕色短褲和白色T恤，正穿過草地急急忙忙的往我這裡跑過來。威爾和凱西緊跟在後面。

「出了什麼事？」我聽見爸問他們兩個，「葛萊迪出了什麼事？」

「他被狼人咬了一口！」我聽見凱西這麼回答。

「把冰袋敷在上面，」爸指示著我說：「這樣可以消腫。」

我一面呻吟，一面把冰袋放在腳踝上。

媽在廚房的餐桌上翻閱著報紙，紙張不斷發出嚓嚓的聲音。我不知道她是爲了我，還是爲了今天的新聞拚命翻報紙。

透過紗門，我看到大狼狗躺在後院台階外的草地上，好像睡得很熟。愛蜜麗在客廳看肥皂劇。

「現在覺得怎麼樣？」媽問我。

「好多了，」我告訴她，「我想我眞的是嚇壞了。」

「綠蛇沒有毒，」爸不知道已經告訴過我幾百次了，「不過我還是做了萬全的措施，以防萬一。現在先冰敷傷口，然後我們再把它包紮好。」

「關於那個狼人又是怎麼回事？」媽問道。

「凱西滿腦子都是狼人，」我說，「她認爲濕地隱士是狼人。」

「她看起來是個很甜美的女孩，」媽輕聲說。「當你爸在處理你的傷口的時候，我和她聊得很愉快。你很幸運，葛萊迪，能夠在濕地這裡找到和你年紀相仿的兩個朋友。」

「嗯，我想是吧，」我把腳踝上的冰袋換了個位置，「可是她一直講些狼人什麼的，快把威爾和我給逼瘋了。」

爸在廚房的水槽洗手，然後用餐巾紙擦乾後，轉身對我說：「那個老濕地隱士應該不會傷害人。至少，大家都是這麼說的。」

「可是，他眞的是把我們嚇壞了，」我告訴他，「他在濕地裡一直追我們，還一直大叫著說：『我是狼人』！」

這句英文怎麼說

她認為濕地隱士是狼人。
She thinks the swamp hermit is a werewolf.

「太奇怪了。」爸像是陷入深思似的說。他把擦過的餐巾紙丟在流理台上。

「你應該離他遠一點。」媽的眼睛從報紙上轉向我說。

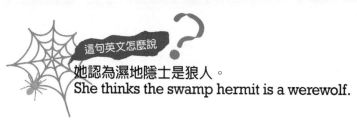

「你們相信有狼人嗎？」

爸竊笑起來。「你媽和我是科學家，葛萊迪。我們是不會相信像狼人這種超自然的事情。」

「其實你爸就是隻狼人，」媽開玩笑說：「我每天早上都得刮掉他背上的毛，好讓他看起來比較像個人。」

「哈……哈……」我嘲諷的笑了幾聲。「我是很認真在問你們的。我的意思是說，你們晚上有沒有聽到很奇怪的號叫？」

「很多動物都會號叫，」媽回答我，「我敢說當那隻蛇在咬你腳踝的時候，你一定也發出了號叫！」

「妳能不能正經一點？」我高聲尖叫起來，「妳知道的嘛，只有月圓的時候才會有那種號叫聲。」

「我只記得，在那隻狗還沒有出現之前，根本就沒有什麼號叫。」愛蜜麗從客廳裡大嚷。

「愛蜜麗，妳饒了我好不好？」我吼了起來。

「你的狗是狼人！」愛蜜麗又大聲叫道。

「我想，我們談夠狼人了吧，」媽喃喃說。「聽著，我的手掌都長出毛了。」她把雙手舉了起來。

「那只是報紙上的油墨罷了！」爸說。他轉向我：「看到沒有？科學對每件事情都有合理的解釋。」

「可是我眞的是很認眞的。」我咬牙切齒的說。

「這個嘛……」爸看著外面。大狼狗翻了個身，四腳朝天的睡得好熟。「月亮只有兩天看起來是圓的，就是今晚跟明天晚上。如果明天晚上以後那陣號叫聲就消失了，我們就可以確定那是狼人在月圓時的號叫。」

爸咯咯笑了起來。他以爲這一切都是個大玩笑。

那時我們還不知道，當天晚上發生的事情，將會永遠改變他對狼人的看法。

這句英文怎麼說

科學對每件事情都有合理的解釋。
There's a scientific explanation for everything.

24.

晚餐後，威爾和凱西跑來找我，爸和媽正在把碗盤裝進洗碗機裡清洗。愛蜜麗已經趕到鎮上去看唯一的一部電影。

現在我走路已經沒有任何問題，腳踝也幾乎不會痛了。

我想爸是個很好的醫生。

我們三個人坐在客廳裡，開始爭論著關於狼人的事。

凱西堅持濕地隱士絕對不是在跟我們開玩笑而已，而且他眞的就是狼人。

威爾告訴她，說她眞是個超級大笨蛋。「他會追我們的唯一原因，是因爲他聽到了妳叫他狼人。」他很生氣的對凱西說。

「那你覺得，他爲什麼要一個人住在濕地深處？」凱西質問威爾，「那是因

爲他知道自己在月圓的時候會發生什麼事，而他不希望任何人知道！」

「那他今天下午爲什麼要對著我們大吼，說自己是狼人？」威爾沒什麼耐性的問，「因爲他只是在開玩笑，就只是這樣而已。」

「好了啦，夥伴們，我們換個話題吧。」我說。「我爸媽都是科學家，他們說並沒有證據可以證明有狼人的存在。」

「科學家總是這麼說。」凱西還是很堅持。

「他們是對的，」威爾說，「除了在電影裡面之外，根本就沒有狼人。妳真是個大笨蛋，凱西。」

「你才是笨蛋呢！」凱西大聲吼了回去。

我敢說他們以前一定也這樣吵過。

「我們來玩玩什麼遊戲吧，」我建議，「想不想玩任天堂？就在我房間裡。」

「華納先生還是沒有出現。」凱西這麼告訴威爾，而且完全無視於我的存在。她拉拉自己紅色的馬尾，然後把馬尾甩到腦袋後面。「你知道爲什麼嗎？因爲他被狼人殺掉了！」

這句英文怎麼說

我們換個話題吧。
Let's change the subject.

「別蠢了好不好？你怎麼知道？」威爾說。

「或許妳就是那個狼人！」我對凱西說。

威爾大笑起來，「對對對，難怪妳會對狼人那麼瞭解，凱西。」

「喂，閉嘴，」凱西抱怨著，「你比我看起來更像狼人，威爾。」

「妳看起來像吸血鬼！」威爾回嘴。

「那，你看起來像金剛！」她大嚷。

「你們小朋友在聊些什麼啊？」媽把頭探進房間裡插嘴問。

「只不過是在聊些電影什麼的。」我很快的回答。

那天晚上我一直無法入睡。我躺在床上翻來覆去的，怎麼樣都覺得很不舒服。我一直側耳傾聽著，等著號叫聲出現。

海灣吹來一陣強風，我可以聽到它吹著我們的小房子所發出的聲音。它吹著後院鐵絲網圍著的鹿欄，還不停的發出嘶嘶聲。我豎起耳朵，想聆聽到那陣熟悉的號叫。當那陣號叫聲再度響起之前，我幾乎都快要睡著了。

一聽到聲音，我立刻醒過來，並跳下了床。當我左腳著地的時候，腳踝痛了起來。遠方又傳來了一聲號叫，迴盪在強勁的風聲裡。

我一拐一拐的走到臥室窗邊。當我躺在床上的時候，腳踝變得有點僵硬。我把臉貼在玻璃窗上往外看。

一輪滿月像頭蓋骨一樣灰，低低的掛在漆黑的夜空裡。沾滿露水的草地在蒼白月光的照耀下閃爍著光亮。

突然一陣風把窗戶吹得嘎嘎作響。

我嚇得往後退了一步，然後繼續側耳聆聽。

又是一陣號叫聲，而且聽起來更近了。

這陣號叫聲嚇得我背脊發涼。

它聽起來真的離我很近。或許是風把它從濕地那裡吹過來的？

我瞇著眼睛看著窗外。一陣旋風吹得草地上的草搖來晃去。地面看起來像是在蒼白的月光下旋轉著，而且還發著光。

又是一陣號叫，而且更靠近了。

這句英文怎麼說

我快速的穿過廚房。
I hurried through the kitchen.

我看不到任何東西。我必須知道到底是誰或什麼東西發出那麼嚇人的聲音。

我在睡褲外面套上牛仔褲，試著在一片漆黑當中穿上拖鞋。

我才走出房間，便聽到「砰」的一聲而停下腳步。接著是一聲巨大的碎裂聲，以及刺耳的碰撞聲。

就在外面。

就在我們屋子外面。

我的心跳個不停。我一路跑過黑漆漆的走廊，這時腳踝又痛了起來，但我已經顧不了那麼多了。我快速的穿過廚房，打開門鎖把後門打開。當我打開紗門的時候，一陣強風吹得我不得不往後退。

那陣風又濕又熱。接著又是一陣強風，吹得我直往後退。

那陣風像是要把我留在屋裡似的，我這麼想著。想要阻止我去揭開令人恐懼的號叫聲的祕密。

我低著頭，頂著風跳下後院台階。

「哇！」當一陣劇痛從我的腿竄上來時，我忍不住驚聲尖叫。

等我眼睛適應了黯淡的光線，我仔細聽著。

現在已經沒有任何的號叫聲了。只有風不停發出刺耳的呼嘯聲，一直把我推呀推的推進屋子裡。

後院在月光下閃耀著。一切都變成了銀灰色。而且寂靜無聲。

我搜索著後院，眼睛慢慢的掃過整片草地。可是什麼東西也沒有。

那麼剛才我在房間裡聽到的聲音是什麼？那些乒乒乓乓的聲音？那些巨大的撞擊聲？還有那些啪噠啪噠的聲音呢？

爲什麼我一走到外面，號叫聲便停止了呢？

我想，這眞是太神祕了。一個如此奇怪的謎。

風在我身邊旋轉著，周圍沉重潮濕的空氣，讓我的臉覺得濕答答的。

我覺得很失望，想轉身走回屋裡。

可是當我看到狼人再度大開殺戒時，便再也忍不住尖叫起來。

這句英文怎麼說

我希望有人能在這裡陪我。

I wanted someone to be there with me.

25.

我頂著旋風，往鹿欄那裡走去。

「爸！」我高聲叫著，可是叫出來的聲音卻像低語般微弱。「爸！」我想要再次大叫，可是喉嚨卻因爲乾燥和恐懼而哽住了。

我直視著前方，又往前走了一步。現在我什麼都看清楚了，那是一幕死亡的景象。在蒼白的光線和陰影下，只聽得到我心跳的怦怦聲、強風的怒吼，以及鹿欄的鐵絲網發出啪噠啪噠的聲音。

我又往前走近了一點。「爸？爸？」我想都沒想便一直喊著。可是就連我自己都聽不見我的聲音，我想他一定也聽不見。

可是我眞的好希望他能在這裡。我希望有人能在這裡陪我。我可不想一個人

獨自待在後院。

我不想看到鹿欄一側被撕裂的那個洞，也不想看到被殺死的鹿可憐兮兮的躺在那裡。剩下的五隻鹿全部擠在鹿欄一角。牠們一直看著我，眼睛裡充滿了驚惶。

又濕又熱的風在我四周不停的吹著，可是我卻感到全身發冷，一股冷颼颼的涼意傳遍了整個身體。我費力的嚥下口水，一次、兩次，試著讓自己不要再那麼害怕。在我還沒有意識到自己要做什麼之前，便飛也似的跑回家，聲嘶力竭的高聲喊著：「爸！媽！爸！媽！」

我的聲音在強風中聽起來，像是那令人恐懼的號叫——就是我剛才聽到的那種叫聲。

爸把那隻死掉的鹿拖到後院去，他的睡袍被風吹的一直拍打著腿上的牛仔褲。我從廚房的窗戶往外看，看到他用一大塊紙板把鹿欄上的洞擋了起來。

當他走回家時，強風幾乎要把紗門給吹下來了。爸猛然關上門，還上了鎖。

他的臉上淌著汗，一隻睡衣的袖子上還沾到了泥巴。

這句英文怎麼說

他一口氣就喝完了。

He drank it down without a breath.

媽倒了杯水給他，他一口氣就喝完了。然後他用餐巾紙擦擦額頭上的汗。

「我想你的狗是兇手。」他柔聲告訴我，並把紙巾丟到流理台上。

「不是大狼狗幹的！不是牠！」我大叫。

爸沒有回答。他深呼吸了一口，慢慢把氣吐出來。媽和愛蜜麗站在水槽前靜悄悄的看著。

「你爲什麼覺得是大狼狗幹的？」我問他。

「我看到地上的腳印，」他皺皺眉頭說：「是爪子的痕跡。」

「那不是大狼狗的腳印！」我堅持說。

「我明天早上要把牠帶到流浪狗收容所，就是隔壁郡的那個收容所。」

「可是他們會把牠殺了！」我哭起來。

「那隻狗是個兇手，」爸的聲音很輕，但是很堅持。「我瞭解你現在的感受，葛萊迪，我眞的瞭解。可是那隻狗是個兇手。」

「不是大狼狗幹的，」我哭叫著說：「爸，我知道不是牠幹的。我聽到了號叫聲，爸，那是一隻狼。」

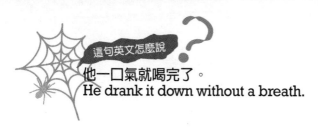

「葛萊迪，請你……」他變得有點虛弱。

我霹哩啪啦說了一堆話，那些話有如洪水一般的傾瀉而出，我完全無法控制。「那是一個狼人，爸，濕地裡有一個狼人。凱西說對了。那不是一隻狗，也不是一隻狼，而是一個會殺動物、殺了你的鹿的狼人。」

「葛萊迪，別再說了……」爸很不耐煩的說。

可是我還是沒有辦法住嘴。「我知道我是對的，爸！」我尖叫著說，那聽起來一點也不像是我的聲音。「這個星期是滿月，對不對？號叫聲就是這時候才開始的。那是一個狼人，爸，就是那個濕地隱士，那個住在濕地小茅屋裡的瘋子。他是個狼人，而且他還告訴我們說他是狼人。他追著我們，還告訴我們說他是狼人。是他幹的，爸，不是大狼狗。今天晚上是他殺了你的鹿。我聽見他在外面號叫，然後……然後……」

頓時我的聲音卡在喉嚨，一時哽住了。

爸倒了一杯水遞給我。我覺得很渴，很快就喝光了。

爸把一隻手放在我的肩頭。「葛萊迪，我們明天早上再說吧，好不好？現在

這句英文怎麼說

爸倒了一杯水遞給我。
Dad filled the glass with water and handed it to me.

我們兩個都太累了，很難把事情想清楚。你說好不好？」

「不是大狼狗幹的！」我固執的高嚷：「我知道不是牠！」

「明天早上再說吧。」爸又說了一次，他的手還放在我的肩上。他把手放在那裡想安慰我，讓我冷靜下來。

我渾身發抖，還不停喘著氣，心臟跳得好快。

「嗯，好吧。」最後我還是同意了，「明天早上再說。」

我慢慢走回房間，可是我知道我一定睡不著。

第二天早上我起床的時候，爸已經出門了。「他去木材場了，」媽這麼告訴我，「爸去弄些鐵絲把鹿欄修理好。」

我打了個呵欠，伸伸懶腰。我一直到半夜兩點半才睡著，可是我還是覺得很睏，也很焦慮。

「大狼狗在那裡嗎？」我很焦急的問。我在媽回答之前，便跑到廚房的窗戶旁往外看。

我看到大狼狗在車道前面，兩隻腳中間有個藍色的皮球，而牠正在拚命咬著那個球。

「牠一定是餓了想吃早餐。」我低聲說。

這時，我聽到碎石子路上發出喀嚓喀嚓的聲音，是爸的汽車回來了。車子後面的車廂半開著，裡面還塞了一大捲鐵絲。

「早！」爸走進廚房時說。他的表情看起來冷冷的。

「你準備要把大狼狗帶走了嗎？」我很快的問他。我的眼睛直盯著外面咬著藍色皮球的狗。牠看起來是那麼的可愛。

「鎮上的人都覺得很不安，」爸一面說，一面從咖啡機裡倒了一杯咖啡，「這星期有很多動物都被殺了，住在那邊的艾德·華納在濕地裡失蹤了。大家都非常擔心。他們也聽到了號叫聲。」

「你要把大狼狗帶走了嗎？」我又問了一次，聲音還顫抖著。

爸點點頭，他的表情還是冷冷的。他啜了一大口咖啡說：「去看看鹿欄外那些爪子的痕跡，葛萊迪。」爸定定的看著我，「去啊，去看看。」

這句英文怎麼說

他的表情還是冷冷的。
His expression remained grim.

「我才不管那些腳印，」我嗚咽著說，「我只知道……」

「我不能再冒險了。」爸說。

「我不管！牠是我的狗！」我大叫起來。

「葛萊迪……」爸放下咖啡杯，往我這邊走過來。

但我突然從他旁邊走過去，跑到門口。我推開紗門，跳下後門的台階。

大狼狗一看到我便站起來，並不斷的搖著尾巴。牠把藍色的皮球放在一邊，很熱情的往我這邊撲過來。

爸站在我後面。「現在我要帶牠走了，葛萊迪，」他說，「你要跟我一起去嗎？」

「不要！」我哭叫著。

「我沒有別的選擇。」爸的聲音小到幾乎聽不見。他往前走去，想抓住大狼狗。

「不！」我高聲大叫。「不！快跑！大狼狗！快跑！」

我推了大狼狗一下。牠像是不太確定的回頭看著我。

「快跑！」我尖聲叫：「快跑啊！快跑！」

26.

我又用力推了一次大狼狗。「跑啊！快跑啊！狗狗！快走！」

爸的手抱住大狼狗的肩膀，可是他並沒有抓牢。

大狼狗掙開爸的手之後，便往濕地的方向跑去。

「嘿……」爸很生氣的大叫。他追著大狼狗一直到後院盡頭，可是那隻大狗實在是跑得太快了，他根本就追不上。

我氣喘吁吁的站在房子後面，看著大狼狗消失在濕地邊緣低矮的樹叢裡。

爸轉身向我走來，臉上的表情看起來很生氣。「你這麼做眞是太蠢了，葛萊迪。」他低聲說。

我什麼話也沒說。

這句英文怎麼說

我一點食慾也沒有。
I had no appetite at all.

「大狼狗等一下就會回來，」爸說，「等牠一回來，我就要把牠帶走。」

「可是，爸……」我說。

「不用再說了，」他厲聲說：「只要那隻狗一回來，我就要把牠帶去收容所。」

「你不能那麼做！」我高聲嚷道。

「那隻狗是兇手，葛萊迪。我別無選擇。」爸往車子走去。「幫我把這些鐵絲卸下來。我需要你幫我修鹿欄。」

我跟在爸後面走向車子的時候，一直往濕地看。千萬別回來啊，大狼狗。我悄悄的祈求著。

拜託，千萬不要回來。

我一整天都看著濕地，感到很焦慮，全身都在顫抖，我一點食慾也沒有。幫爸修好鹿欄之後，我就一直待在房間裡。我試著想看看書，可是那些字看起來卻是一團模糊。

到了傍晚，大狼狗還是沒有回來。

你安全了，大狼狗，我心裡這麼想著。至少你今天是安全了。

我們全家的氣氛變得很緊張。晚餐的時候，我們幾乎很少交談。愛蜜麗談到她昨天晚上看的電影，可是沒有人加入這個話題，或是發表任何評論。

我很早就上床了。我真的感到很累，我想是因爲太緊張了吧。而且前一天晚上我幾乎都沒有睡。

我覺得房間比平常都暗。這是圓月的最後一晚，可是厚重的雲層卻遮住了月光。我把頭躺在枕頭上，試著想要入睡。可是腦子裡卻不斷想到大狼狗。

一會兒之後，號叫聲又開始了。

我從床上爬起來，很快的跑到窗邊，瞇著眼睛看著外面的黑暗。厚重的烏雲仍然遮住月亮。空氣像是停滯似的，周遭沒有任何動靜。

這時我聽見一聲低吼，大狼狗便出現了。

牠站在後院中央動也不動，頭仰望著天空，然後發出一聲低吼。當我透過窗子看著牠時，這隻大狗開始在後院走來走去的徘徊著。

牠走來走去的樣子，就像是一隻被關在籠子裡的動物。牠一面走來走去，一

這句英文怎麼說

我摸黑穿上運動鞋。
I fumbled into my sneakers.

面低聲吼著，像是爲了什麼事很困擾的樣子。

或是有什麼東西嚇著牠了。

當牠走動的時候，頭還一直仰望著被雲層遮蓋的月亮，並不停的低吼著。

這是怎麼回事啊？我覺得很奇怪。我非弄清楚不可。

我在黑暗中很快的穿上衣服，套上已經穿了一整天的牛仔褲和T恤。

我摸黑穿上運動鞋。起初我把左腳的鞋子穿到右腳上了。沒有月光的照耀，房間裡實在是太暗了。

我一綁好運動鞋的鞋帶，便快速走到窗前。我看到大狼狗正要離開後院，蹣跚的往濕地的方向走去。

我決定要跟著大狼狗走。我得證明牠不是兇手，也不是狼人。

我很擔心如果從廚房的門走出去的話，爸媽會聽到。所以我從窗戶爬出去。

草地上沾滿了露珠，顯得濕漉漉的。空氣很潮濕，而且幾乎和白天一樣熱。

當我快步跟著大狼狗的時候，運動鞋踩在潮濕的草地上，不斷發出窸窸窣窣的聲音。

我走到後院盡頭的時候停下了腳步。因爲我把大狼狗跟丟了。

我聽得到牠就在前面不知道什麼地方。我還可以聽到牠的腳踩在濕地上發出的聲音。

可是那裡實在是太暗了，我根本就看不到牠。

我只好跟著牠的腳步聲走，凝視著變幻莫測的雲影。

當我聽到後面的腳步聲時，已經差不多快要走到濕地了。

我嚇得屏住氣，停下腳步仔細聆聽。

是的。是腳步聲。

有腳步聲很快的朝我這裡走來。

這句英文怎麼說

我們可以一起探險。
We can explore together.

27.

「嘿！」

我嚇得大叫出聲，很快轉身一看。

剛開始的時候，除了一片黑暗之外，我什麼也看不到。「喂……是誰在那裡啊？」我低聲喊道。

沒想到竟然是威爾從黑暗中走出來。「葛萊迪……原來是你啊！」他高聲嚷道，並慢慢向我走近。他穿著黑色汗衫和黑色牛仔褲。

「威爾，你在那裡幹什麼啊？」我喘著氣問他。

「我聽到號叫聲，所以決定來調查一下。」

「我也是。眞高興看到你！」我說，「我們可以一起探險。」

「我也很高興看到你，」他說，「這裡實在是太暗了，我……我不知道是你。我還以爲……」

「我正在跟蹤大狼狗。」我告訴他。我走在前面帶路，進入了濕地。當我們走在低矮的樹蔭下時，四周變得更暗了。

我們一邊走，我一邊告訴威爾昨天晚上我們家的鹿被殺死、還有鹿欄旁邊有一圈腳印的事。我告訴他鎮上的人是怎麼說的，還有我爸打算要把大狼狗帶到收容所的事。

「我知道大狼狗不是兇手，」我告訴他說：「我就是知道。可是凱西說的那些有關狼人的事，眞的把我嚇壞了，而且……」

「凱西是個笨蛋！」威爾嘀咕道。他指指雜草叢說：「你看——大狼狗在那裡！」

我可以看到大狼狗黑色的輪廓在漆黑裡平穩的移動著。

「我眞笨。我應該帶手電筒的。」我喃喃說。

大狼狗突然消失在草叢後面。威爾和我跟著牠的腳步聲往前走。我們走了幾

這句英文怎麼說

我應該帶手電筒的。

I should have brought a flashlight.

分鐘之後，我發現已經聽不到牠的聲音了。

「大狼狗呢？」我低聲說，眼睛還不停的搜尋著黑漆漆的灌木和低矮的樹木。

「我可不想跟丟牠。」

「牠往這裡走了。」威爾回頭對我大喊：「跟我走。」

我們的運動鞋走在又濕又泥濘的地上不停的打滑。我用手掌在脖子後面打一隻蚊子。可是太遲了，我已經被叮了一口。

我們更深入濕地裡面。走過沼澤之後，四周是一片令人毛骨悚然的寂靜。

「喂，威爾，你在哪裡啊？」

我停下腳步找他。當我發現跟丟他的時候，不禁輕輕發出「噢」的一聲。

不知怎麼的，我們居然走散了。

我聽見前面一陣劈啪劈啪的響聲，是樹枝摩擦的聲音，還有走路的時候踩在雜草上的聲音。

「威爾？是你嗎？」

或者是大狼狗？

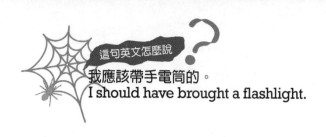

「威爾？」

「你在哪裡？」

微弱的月光灑在我身上，而後又慢慢灑落在地上。我抬頭一看，厚重的雲朵已經從月亮上移開了，一輪黃色的滿月高掛在天空。

當月光緩緩的照在沼澤上時，一棟低矮的房子赫然進入我的眼簾。

起初，我還看不出來是什麼。是某種巨大的植物嗎？

不是。

當月光照射下來的時候，我才發現，我正盯著濕地隱士的小茅屋。

我停下腳步，嚇得整個人突然都僵住了。

我又聽到了號叫聲。

那駭人的聲音劃破了周遭的寂靜。那令人恐懼的叫聲是那麼的大，那麼的近，在停滯的空氣裡一會兒高、一會兒低的起伏著。

那個聲音實在是太令人害怕了，我忍不住用手摀住了耳朵。

一定是那個濕地隱士！我心想。

這句英文怎麼說

我轉身離開那間小茅屋。
I turned away from the small shack.

我知道他就是那個狼人！

我得趕快離開這裡。我得趕快回家。

我轉身離開那間小茅屋。

我的兩條腿抖得很厲害，甚至不知道自己還能不能走路。

我得離開！我得離開！我得離開！我的腦子裡一直浮現這幾個字。

可是在我離開之前，狼人突然從樹後面跑出來——而且發出恐怖的號叫。

牠撲到我的肩上，把我整個人撲倒在地。

28.

當狼人把我撲倒在地的時候，黃色的月光灑落下來，讓我看到了他的臉。

他長在人臉上的黑眼睛死盯著我，而且那張人臉上還長滿了狼毛。他憤怒的號叫著，像動物的鼻子張得大大的，還露出嘴裡兩排參差不齊的尖牙。

那是一隻像人的狼！這時我很害怕的意識到，他是個狼人！

「放開我！」我尖叫道：「威爾……放開我！」

是威爾！那個狼人竟然是威爾！

即使是透過那層又厚又亂的狼毛，我還是認得出他黝黑的身軀、黑色的小眼睛，以及又粗又短的脖子。

「威爾……！」我高聲尖叫。

這句英文怎麼說

我還是認得出他黝黑的身軀。
I could recognize his dark features.

我奮力想推開他，拚命扭動著身體想從下面鑽出來。

可是他的力氣實在是太大了，我根本就動彈不得。

「威爾……放開我！」

他抬起那張毛茸茸的臉，朝著月亮發出一聲動物的號叫。他憤怒的嘶吼起來，然後低下那有如野獸般的頭，用尖牙咬住我的肩膀。

我痛得忍不住尖叫。

這時我的眼裡閃過一片紅光。

我的手腳拚命胡亂揮打著想要掙脫。

可是他的力氣有如野獸。

對我來說，他的力氣實在是太大……太大了……

這時我眼裡的紅光消失了，變成了一片漆黑。

所有的一切都變成了黑色。

我感到自己不斷的往下掉，掉到一個黑色的隧道裡，不停的往下掉，掉到無盡的黑暗裡。

一陣宏亮的狗吠聲驚醒了我。

當我還搞不清楚到底發生了什麼事的時候，我看到大狼狗撲到威爾身上。

威爾發出一聲尖銳而憤怒的號叫，轉身與大聲怒吼的大狼狗打鬥起來。

我目瞪口呆的看著他們，簡直無法置信。他們在地上拉扯著，拚命又咬又抓，同時還不停發出憤怒的叫聲與嘶吼。

「威爾……威爾，原來是你……原來一直都是你……」我喃喃自語的說著，並掙扎著從地上爬起來。

我抓住樹幹，地面像在我的腳下不停的旋轉。

他們兩個不停的打鬥著。當他們在濕答答的地上又咬又抓又打的時候，還不斷發出吼叫聲。

「我就知道不是大狼狗，」我大叫：「我就知道……」

這時，一陣震耳欲聾的尖叫聲，嚇得我不禁跌坐在地。

我抬頭看見威爾急急忙忙跑開了，他四肢著地的跑進高大的雜草叢裡。大狼狗緊跟在後面咬住威爾的腳踝，並跳到他身上，拚命的咬他、抓他。

我聽到威爾發出疼痛的叫聲，像是被打敗的哀號。

當那痛苦的哀號聲消失後，我又感到自己不斷的往下掉，往下掉，掉進藍黑色的黑暗裡。

這句英文怎麼說

地面像在我的腳下不停的旋轉。
The ground appeared to be sliding beneath me.

29.

「你有一點發燒，」媽說，「可是你不會有事的。」

「濕地熱……」我虛弱的喃喃說著。我抬起頭來看著媽，想要把兩眼聚焦在她臉上。可是她的臉在柔和的光線下看起來還是很模糊，而且還在我頭上不停的晃動。

我花了好一會兒時間才發現，我是在自己的臥房裡。「我……我怎麼會在這裡？」我結結巴巴的問。

「是濕地隱士——他發現你在濕地裡，然後把你送回來的。」媽說。

「是他？」我試著想坐起來，可是肩膀好痛。出乎我意料之外的是，傷口已經被包紮得緊緊的了。

這句英文怎麼說

我現在就要去弄清楚。
I'm going to check this out right now.

「是……那個狼人……威爾……他咬了我。」我哽咽著說。

這時我看到爸的臉在媽的臉旁邊晃動著。「你在說什麼啊，葛萊迪？你爲什麼一直喃喃說著什麼狼人啊？」

我稍稍坐起來，告訴他們所有的經過。他們不發一語的聽著，而且當我在說的時候，他們還不停交換著眼神。

「威爾是個狼人，」我說，「他在月圓的時候會變身，會變成一隻狼，而且……」

「我現在就要去弄清楚，」爸很認眞的看著我說：「你的故事實在是太荒唐了，葛萊迪，眞的是太荒唐了。可能是因爲發燒的關係吧，我不知道。不過我這就要去你朋友家看看到底是怎麼回事。」

「爸，小心點。」我向他叫道：「千萬要小心。」

一會兒之後爸就回來了，而且一臉不解的看著我。我坐在客廳裡，膝蓋上還放了一碗爆米花。現在我覺得好多了。

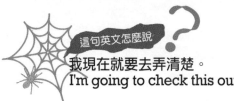

「那裡根本就沒有人。」爸搔搔頭說。

「什麼？你是什麼意思？」媽問。

「那棟房子是空的，」爸告訴我們，「是棟被閒置的房子。看起來已經有幾個月沒人住了。」

「哇，葛萊迪，你的朋友還眞怪呢！」愛蜜麗轉動著眼珠子說。

「我不懂。」爸搖著頭說。

我也不懂。可是我不在乎。威爾已經走了，狼人已經永遠消失了。

「那我可不可以把大狼狗留下來？」我從椅子上爬起來，穿過客廳走到爸那裡問他：「大狼狗救了我一命，我可不可以留下牠？」

爸若有所思的看著我，不發一語。

「濕地隱士告訴我們，他看到一隻狗把葛萊迪身邊的什麼動物給趕跑了。」媽說。

「也許是一隻松鼠。」愛蜜麗開玩笑說。

「愛蜜麗，妳別這樣好不好？」我呻吟著說，「大狼狗眞的救了我一命。」

這句英文怎麼說

我真希望她能夠忘了這檔事。
I really wish she'd just drop the subject.

我告訴他們。

「我想，你可以把牠留下來。」爸不太情願的說。

「萬歲！」我向爸道謝之後，便迫不及待的跑到後院，很高興的擁住大狼狗。

這已經是差不多一個月前的事了。

從此以後，我和大狼狗很開心的一起到濕地探險。我對濕地的每一吋土地都熟得不得了，它就像是我的第二個家。

有時候，大狼狗和我會讓凱西跟我們一起去探險。她是還滿有趣的啦，雖然她還是一直在擔心狼人的事。我眞希望她能夠忘了這檔事。

現在我站在臥室的窗前，望著一輪圓月從遠方的樹林上緩緩升起。這是這個月的第一個圓月，讓我想起了威爾。

威爾也許已經走了，但是他改變了我的生命。我知道找永遠也不會忘記他。

這時我感到臉上長出毛來，鼻子不停的在長大，同時尖牙也從深色的嘴唇間冒了出來。

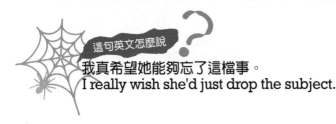

是的，自從他咬了我以後，威爾就把詛咒轉到我身上了。

可是我不在乎，也不難過。

我的意思是說，因爲威爾的離去，現在整個濕地都屬於我的了！全都是屬於我的了！

現在我正往窗外爬出去。大狼狗正在等著我，熱切的盼望著一趟夜間探險。

我輕輕鬆鬆的四肢著地，抬起我長滿狼毛的臉，朝著月亮發出一聲又長又開心的號叫。

走吧，大狼狗。

我們快點去熱濕地。

我已經準備好要狩獵了。

到底是什麼生物會發出那種聲音呢？
What kind of creature makes such a cry?

你不屬於這裡。
You do not belong here.

我們去探險一下嘛。
Let's do some exploring.

這裡好吵喔。
It's so noisy here.

我順著她的視線看過去。
I followed her gaze.

大滴大滴的汗水從我的臉頰滑下來。
Beads of sweat ran down my cheeks.

她不耐煩的又說了一次。
She repeated impatiently.

我們看著牠們飛離了視線。
We watched them soar out of sight.

我連青苔長什麼樣子都不知道。
I'm not even sure what moss looks like.

我就知道我是對的。
I knew I was right.

那不過是樹根罷了。
It's just a tree root.

那些灰色的大東西是什麼？
What are those huge gray things?

他躲在這裡。
He's hiding here.

他狂野的黑眼珠直盯著我們看。
He glared at us with wild black eyes.

我的心裡閃過一大堆問題。
A dozen questions flashed through my mind.

樹木變稀少了。
The tree thinned out.

我覺得好過一點兒了。
I began to feel a little better.

今年對小愛來說，真的很難熬。
This is going to be a hard year for EM.

我猜想著他們現在正在做什麼。
I wondered what they were doing right now.

我以為你看到我了。
I thought you saw me.

你知道那裡為什麼叫熱濕地嗎？
Do you know why it's called Fever Swamp?

他家看起來跟我們家幾乎一模一樣。
His house looked almost identical to ours.

葛萊迪，我想你有點發燒。
Grady, I think you have a little fever.

我的腳凍得像冰一樣。
My feet were cold as ice.

我往廚房的門走近了一步。
I took a step toward the kitchen door.

我們兩個忍不住笑了起來。
We both burst out laughing.

我不知道我突然從哪冒出來的勇氣。
I don't know where my sudden courage came from.

一點動靜也沒有。
Nothing moved.

來量量你的體溫。
Let's take your temperature.

美麗的早晨讓我忘了昨晚的惡夢。
The beautiful morning made me forget my nightmares.

我想謎團都解開了。
I think this clears up the mystery.

這隻狗可能是別人的。
The dog probably belongs to someone.

牠看起來比較像狼，而不像狗。
He looks more like a wolf than a dog.

我們走過像地毯一般的棕色枯葉。
We were walking over a carpet of dead brown leaves.

我狼狽的朝著一堆荊棘爬過去。
I scrambled toward a nest of brambles.

或許他以前來過這裡。
Maybe he's been here before.

我直盯著前方，說不出話來。
I stared straight ahead, unable to speak.

雲朵遮住太陽，天色很快暗下來了。
The sunlight faded quickly as clouds rolled over the sun.

我看到他嚇得張大了嘴巴。
I saw his mouth drop open in horror.

我用雙手拉開大狼狗。
I pulled Wolf with both hands.

我們已經討論過適者生存之類的問題了。
We've talked about survival of fittest and stuff like that.

牠為什麼那麼想出去啊？
Why is he so desperate to get out?

可能牠已經習慣在外面了吧。
He's probably used to being outside.

它們聽起來不像是動物的叫聲。
They didn't seem like the cried of an animal.

一開始我以為那只是一堆破衣服。
At first I thought it was a pile of rags.

我強迫自己別過視線。
I forced myself to look away.

還有誰會做這種事？
Who else would have done it?

聽起來比較像是狼的叫聲。
They sounded more like wolf howls.

我猜你還沒見過華納家的人吧？
I guess you haven't met the Warners yet?

他是第一個搬來這裡的人。
He was the first one to move here.

你晚上有沒有聽到號叫的聲音？
Do you hear the howling sounds at night?

真實的生活比電影還恐怖。
Real life is scarier than the movies.

他肩膀上背的並不是袋子。
It wasn't a bag slung over his shoulder.

我是狼人！
I'm the werewolf!

我狂亂的想從泥巴地爬起來。
I tried frantically to scramble up from the mud.

我直視著那叢高高的雜草。
I stared straight ahead at the tall weeds.

疼痛的感覺傳遍了我的腿。
The pain jolted up my leg.

我知道我得快點回到家。
I knew I had to get home quickly.

那條蛇有毒嗎？
Was the snake poisonous?

她認為濕地隱士是狼人。
She thinks the swamp hermit is a werewolf.

科學對每件事情都有合理的解釋。
There's a scientific explanation for everything.

我們換個話題吧。
Let's change the subject.

我快速的穿過廚房。
I hurried through the kitchen.

我希望有人能在這裡陪我。
I wanted someone to be there with me.

他一口氣就喝完了。
He drank it down without a breath.

爸倒了一杯水遞給我。
Dad filled the glass with water and handed it to me.

他的表情還是冷冷的。
His expression remained grim.

我一點食慾也沒有。
I had no appetite at all.

我摸黑穿上運動鞋。
I fumbled into my sneakers.

我們可以一起探險。
We can explore together.

我應該帶手電筒的。

I should have brought a flashlight.

我轉身離開那間小茅屋。

I turned away from the small shack.

我還是認得出他黝黑的身軀。

I could recognize his dark features.

地面像在我的腳下不停的旋轉。

The ground appeared to be sliding beneath me.

我現在就要去弄清楚。

I'm going to check this out right now.

我真希望她能夠忘了這檔事。

I really wish she'd just drop the subject.

給你一身雞皮疙瘩！

雪怪復活記

The Abominable Snowman of Pasadena

快跑！雪怪追上來了！

布雷克一家人即將前往阿拉斯加！
因爲布雷克先生受聘去拍攝一種神祕的雪地生物。
可憐的喬丹和妮可，他們只不過是想順便看看雪，
但是現在卻被可怕的雪怪追趕。那是長著長毛的巨大雪怪——
人們管牠叫「可憎的雪人」！

木偶驚魂 II

Night of the Living Dummy II

「它」，又回來了！?

愛梅的父親送給她一個新的腹語術木偶。
這個叫「小巴掌」的二手木偶模樣眞是不好看，
可是愛梅仍舊開心的和它練習新的表演。
但是，自從這個木偶被帶回家之後，
愛梅家開始發生一些離奇的怪事，
恐怖的事件也接二連三的發生了……

每本定價 199 元

雞皮疙瘩系列 12

濕地狼人

原著書名── The Werewolf of Fever Swamp
原出版社── Scholastic Inc.
作　　者── R.L. 史坦恩（R.L.STINE）
譯　　者── 陳昭如
責任編輯── 劉枚瑛、何若文
文字編輯── 葉名峻

國家圖書館出版品預行編目 (CIP) 資料

濕地狼人 / R.L. 史坦恩 (R.L. Stine) 著；陳昭如譯.
-- 2 版. -- 臺北市：商周出版：家庭傳媒城邦分公司發行，
民 104.11 176 面； 14.8x21 公分. --（雞皮疙瘩系列；12）
譯自：The werewolf of fever swamp
ISBN 978-986-272-886-4（平裝）
874.59　　104018242

版　　權── 翁靜如、吳亭儀
行銷業務── 林彥伶、石一志
總 編 輯── 何宜珍
總 經 理── 彭之琬
發 行 人── 何飛鵬
法律顧問── 台英國際商務法律事務所 羅明通律師
出　　版── 商周出版
臺北市中山區民生東路二段 141 號 9 樓
電話：(02) 2500-7008 傳真：(02) 2500-7759
E-mail：bwp.service @ cite.com.tw
發　　行── 英屬蓋曼群島商家庭傳媒股份有限公司城邦分公司
臺北市中山區民生東路二段 141 號 2 樓
讀者服務專線：0800-020-299 24 小時傳真服務：(02)2517-0999
讀者服務信箱 E-mail：cs @ cite.com.tw
劃撥帳號── 19833503 戶名：英屬蓋曼群島商家庭傳媒股份有限公司城邦分公司
訂購服務── 書虫股份有限公司客服專線：(02)2500-7718；2500-7719
服務時間：週一至週五上午 09:30-12:00；下午 13:30-17:00
24 小時傳真專線：(02)2500-1990；2500-1991
劃撥帳號：19863813 戶名：書虫股份有限公司
E-mail：service@readingclub.com.tw
香港發行所── 城邦（香港）出版集團有限公司
香港 灣仔 駱克道 193 號超商業中心 1 樓
電話：(852) 2508-6231 傳真：(852) 2578-9337
馬新發行所── 城邦（馬新）出版集團
Cité(M) Sdn. Bhd. 41, Jalan Radin Anum,
Bandar Baru Sri Petaling, 57000 Kuala Lumpur, Malaysia.
電話：(603)9057-8822 傳真：(603)9057-6622
商周出版部落格── http://bwp25007008.pixnet.net/blog
政院新聞局北市業字第 913 號

美術設計── 王秀惠
印　　刷── 卡樂彩色製版有限公司
總 經 銷── 聯合發行股份有限公司 新北市 231 新店區寶橋路 235 巷 6 弄 6 號 2 樓
電話：(02)2917-8022 傳真：(02)2911-0053

■ 2004 年（民 93）01 月初版
■ 2020 年（民 109）06 月 04 日 2 版 2 刷
■ 定價 / 199 元

ISBN 978-986-272-886-4

Goosebumps : vol#14 The Werewolf of Fever Swamp

Printed in Taiwan
城邦讀書花園
www.cite.com.tw

Goosebumps®

Goosebumps®